WITCH WATCH

KENTA SHINOHARA

Tempestad otoñal

10

MORIHITO OTOGI
(MORIHITO)

OTOGI MORIHITO

Joven fuerte, de carácter serio y frío que desciende de los demonios. Desde que Nico ha vuelto, no para de lidiar con todo tipo de problemas. Son amigos de la infancia y ella le llama "Moi".

NICO WAKATSUKI
(NICO)

NICO WAKATSUKI

Bruja algo patosilla. Es un tanto despistada y enseguida le pierden los halagos. Su sueño es convertirse en una gran bruja que sea capaz de ayudar a las personas. Está enamorada de Morihito, pero parece que sus sentimientos no son correspondidos... ¿de momento?

CHARACTER

KEIGO MAGAMI (KEIGO)

KEIGO MAGAMI

Hombre lobo. Cuando ve algo con forma de luna creciente se transforma y su carácter se torna violento. Practicaba patinaje artístico, pero se retiró debido a un accidente. Antisocial proclamado. Cuando pasa a ser el tercer familiar de Nico, se muda a la residencia Otogi.

WOLF

KANSHI KAZAMA-TSURI (KANSHI)

KANSHI KAZAMATSURI

Tengu. Debido a un problema entre razas, al principio veía a Morihito como a un enemigo. Es simpático y sus excelentes habilidades sociales le permiten congeniar rápidamente con cualquiera. Se muda a la residencia de los Otogi y se convierte en el nuevo familiar de Nico.

NEMU MIYAO

Bruja de buena familia. Puede transformarse en gato gracias a su magia, pero esta se desvanece cuando se queda dormida. Visita la residencia de los Otogi para reclutar a Morihito como su familiar.

MIHARU KIRYÛ (MIHARU)

NEMU MIYAO (NEMU)

MIHARU KIRYÛ

Vampiro. Le han enseñado muy buenos modales, pero siempre dice lo primero que se le pasa por la cabeza sin tener en cuenta las circunstancias. No chupa sangre: lo que necesita es absorber energía vital. Se establece en la residencia Otogi como el cuarto familiar de Nico.

S T O R Y

Morihito Otogi, un poderoso joven demonio, decide cumplir con un antiguo juramento y acaba viviendo junto a la bruja Nico, con quien mantiene amistad desde que eran niños...

Tras regresar de su entrenamiento, Nico está muy emocionada de reencontrarse con él después de tanto tiempo y de poder compartir casa juntos. Sin embargo, según una profecía, una desgracia caerá sobre ella en el período máximo de un año y Morihito tiene el deber de protegerla como familiar suyo que es. Mientras Morihito está fuera, la bruja Momochi aparece para mimar a Nico y compañía, ¡que aprenden a valorar lo que es tener al demonio de anfitrión! Por otra parte, Jekyll está deseando que Miharu le presente al grupo, ¡pero por avatares del destino acaba confundiéndolo con el Consejo de Estudiantes! Morihito inicia a Keigo en la filosofía de los vaqueros, Nico intenta ayudar a una compañera con sus amores... ¡y por fin llega el día en que Diario de mi artista favorita presentará su obra en un evento de *dôjinshi*!

WITCH WATCH

ÍNDICE

WITCH WATCH vol. 10

✦81 Diario de mi artista favorita: Enredos en el evento

EN EL CAPÍTULO ANTERIOR...
DIARIO DE MI ARTISTA FAVORITA, EL DÚO DE ARTISTAS NOVELES FORMADO POR PROFE Y ALUMNA, SE ESTABA PREPARANDO PARA PRESENTAR SU PRIMER *DÔJINSHI* A UN EVENTO.
LA PROFE MAKUWA (DENGEKI MELON), QUE DEBÍA ESCRIBIR EL GUION, DESCUBRIÓ UNA INCONGRUENCIA DE SU OBRA CON URON MIRAGE, LA SERIE ORIGINAL, ¡POR LO QUE DECIDIÓ DESCARTAR TODO EL *STORYBOARD*!
NO SÉ DE QUÉ TE SORPRENDES. SU HERMANO MAYOR TAMBIÉN LO ES.
PREPARÓ UN NUEVO *STORY* CONTRARRELOJ.
CON LA FECHA DE ENTREGA AL CAER, KUKU (HAIMI) LO DIO TODO PARA CUMPLIR CON SU PARTE COMO DIBUJANTE.
SUPERADO INCLUSO EL PÁNICO DE HABER PERDIDO UN ARCHIVO, ¡CONSIGUIERON ENVIAR MILAGROSAMENTE EL MANUSCRITO A IMPRENTA!
EL DÍA DEL EVENTO, A LA PROFE LE SURGIÓ UN IMPREVISTO, ¡ASÍ QUE LE HAN PEDIDO AYUDA A NICO!
¡Y POR FIN HA LLEGADO EL DÍA EN QUE ESTAS DOS FRIKAZAS DE MANUAL Y LA BRUJA ASISTIRÁN JUNTAS A UN EVENTO DE *DÔJINSHI*!

CHAN
POR FIN ESTAMOS AQUÍ. QUÉ NERVIOS...
SÍ, QUÉ GANAS.
DIARIO DE MI ARTISTA FAVORITA HAIMI @ URON MIRAGE
STAND C45B ESTE
NICO WAKATSUKI AYUDANTE
PERDONA QUE TE HAYA LLAMADO TAN DE SOPETÓN, NICO.
NO IMPORTA. LO QUE NO SÉ ES SI SERÉ CAPAZ DE AYUDAR, QUE ES LA PRIMERA VEZ QUE VENGO A UNA COSA DE ESTAS.

SOBRE TODO INTENTA NO ESTORBAR.
¡UN MOMENTO!
MORIHITO OTOGI
GUARDAESPALDAS
¡NO ES QUE ME ACABE DE DAR CUENTA, ¿PERO QUÉ HACE AQUÍ TAMBIÉN MORIHITO?!
¡Qué corte!
SOY SU ESCOLTA, ¿CÓMO NO VOY A VENIR?
¿ESTÁ MAL QUE VENGA UN CHICO A UN EVENTO PARA CHICAS?
NO, PARA NADA...
TAMBIÉN HAY ALGUNOS CHICOS VENDIENDO.
PERO CON LO ESTRECHOS QUE SON LOS STANDS ESQUINEROS, SOLO CABEN DOS PERSONAS.
Esquina
AH, TE REFIERES A ESO...
PUES ME IRÉ A MERODEAR POR EL PABELLÓN.
¡NO, POR FAVOR, ESO NO!
SI PUEDES, INTENTA PASAR LO MÁS DESAPERCIBIDO POSIBLE Y FUSIONARTE CON LA PARED.
SÍ QUE ME LO PONES DIFÍCIL...

Oye, ¿y no traes los libros?
La imprenta los manda directamente aquí.
Deberían de estar ya en nuestro puesto.
Ahí.
¡¿Eh?!
CHAAAÑ
¡¿No son muchísimos?!
¡¿10 cajas?! ¡Qué raro! Pero si solo habíamos pedido 100 ejemplares. Esto son 10 veces más...
Fue ella la que se encargó del pedido.
TUTUM
TUTUM
¿Estará trabajando?
TUTUM
TUTUM
¡Voy a mandarle un mensaje a la profe!

HALA, ¡QUÉ PASADA! ¿TANTOS VAMOS A VENDER?
¡NI MUCHO MENOS!
VAIS A POR TODAS.
¡Qué emocionante!
¡HA TENIDO QUE SER UN ERROR!
スコッ♪
PLIN
TÉ PIDO
PERDÓN
¡HA SIDO COSA SUYA!
¡Y SE DISCULPA CON UN STICKER, COMO SI FUERA UNA CHORRADA!
PERO ASÍ LOS PODÉIS VENDER, ¿NO?
¡¿CÓMO VAMOS A VENDER 1.000 EJEMPLARES SI SOMOS UNAS NOVATAS PRIMERIZAS?!
EHM... ¿OS IMPORTARÍA MOVER DE AQUÍ LAS CAJAS?
¡PE-PE-PER-DÓOON!

Hola, encantada de ser vuestra vecina de stand.
Este es nuestro dôjinshi.
Enseguida os traigo el nuestro.
Intercambio de obras
¡Socorro, Nico!
Esto es un no parar, ¿eh, Kuku?
¡Sumorururûn, pequepequeñita!
CHAAAS
Listo, nueve cajitas en tamaño mini.
¡Tener una amiga bruja es una bendición!
Jo, no sé qué haría sin ti...
Cuando agotes el resto, devolveré estas a su tamaño habitual.
A ver, no cuento con vender más de 100 ejemplares.
Y con tanto lío tampoco voy a poder ponerme a anunciar lo que vendemos.
Con haber sacado el dôjinshi adelante, me doy con un canto en los dientes.

* La incertidumbre de un corazón vacilante ** Diario de mi artista favorita

¿EH? ¿ESTÁS BIEN?
SÍ...
ES QUE ME HE EMOCIONADO.
NUNCA ME HABÍA ESFORZADO TANTO EN ALGO.
ESTE ES EL RESULTADO DE TODO LO QUE HEMOS TRABAJADO LA PROFE... DIGO, MI COMPAÑERA DENGEKI MELON Y YO.
ME HACE MUCHÍSIMA ILUSIÓN.
QUÉ GUAY. ESTO, POR EJEMPLO, TIENE MUCHO IMPACTO.
LA VIÑETA ESTA DE... ¿OBORO, SE LLAMA? CON EL BOCADILLO VACÍO.
SÍ, SÍ...
¿QUÉ?
ZAS

¡FALTA UNA FRASE!
CHAAAN
TUTUM
¡¿EH?! ¡¿SE OS HA COLADO?!
SÉ QUE ESCRIBÍ ESTA FRASE. ¿SERÁ QUE LAS CAPAS QUEDARON MAL SUPERPUESTAS?
TUTUM
TUTUM
NO ME DIO TIEMPO A COMPROBAR LOS ARCHIVOS.
¡Voy a mandarle un mensaje a la profe!
TUTUM
PLIN
Estoy combatiendo mi culpa
¡A VER SI TE DEJAS DE STICKERS!
¡ESA FRASE ES IMPORTANTE...! ¡NO PODEMOS PONERLO A LA VENTA ASÍ!
No es el reflejo de la luz del crepúsculo.
¡¿Y AHORA, QUÉ?! SOLO SE ME OCURRE IR A HACER FOTOCOPIAS DEL TEXTO...
No es el reflejo de la luz del crepúsculo.
...Y DEDICARME A RECORTARLO Y PEGARLO CON TIJERAS Y PEGAMENTO. PEROOO... ¡¿A ESTAS HORAS? ¿Y PARA CUÁNTOS EJEMPLARES?!
No es el reflejo de la luz del crepúsculo.
¡NO PUEDO HACER ESO!

¡SOCORRO, NICO!
VAS DE INFARTITO EN INFARTITO, ¿EH, KUKU?
QUIZÁ PODAMOS AÑADIR LA FRASE CON MAGIA.
¿TIENES ALGO NEGRO POR AHÍ?
¿EH? ¿QUÉ? ¿ALGO NEGRO?
SI TE VALE ESTE PERMANENTE...
SÍ, ESA TINTA ES PERFECTA.
?
PONME OTRA VEZ LA FRASE EN LA PANTALLA DEL MÓVIL.
¡STAMP-PRINTER, IMPRESELLO!
CON LA MANO IZQUIERDA ABSORBO EL PIGMENTO NEGRO...
CHAAAS
FLUP
...Y CON LA DERECHA COPIO EL TEXTO.
No es el reflejo de la luz del crepúsculo.

ASÍ, PUEDO TRANSFE-RIRLO.
ペタン
PLAP
No es el reflejo de la luz del crepúsculo.
¡TENER UNA AMIGA BRUJA ES UNA BENDICIÓN!
YO VOY DONDE ESTÁ MOI A OCUPARME DE IMPRIMIR LA FRASE. ¡TÚ ENCÁRGATE DE PREPARAR EL STAND!
バタ TAP
バタ TAP
UH... NO SÉ QUÉ HARÍA SIN TI.
¡HAIMI, HOLIII! (^O^)
¡LIME!
TOMA, ESTE ES MI DÔJINSHI. (•^_^•)
AQUÍ TIENES EL NUES-TRO.
Intercambio de obras
¿TODO LISTO?
QUÉ VA, ESTO ES UN CAOS.

PUES APURA, QUE YA TIENES COLA.
¡VENGA YA!
オシエシニッシ
¡¿VIENEN A NUESTRO STAND?! ¡¿CUANDO NI SIQUIERA HEMOS EMPEZADO?! ¡¿POR QUÉ?!
¡HALA! ¡ME HA HECHO RECHIT UNA ARTISTA FAMOSA!
ES QUE TIENES 10K SEGUIDORES. ('∀')
TODO EL MUNDO ESTABA DESEANDO QUE TE LANZASES A PUBLICAR TU PRIMER DÔJINSHI. (^O^)
...
PERDONAD, SOY DE LA ORGANIZACIÓN. AQUÍ SE ESTÁ FORMANDO UN TAPÓN, ASÍ QUE VAMOS A CAMBIAR VUESTRO STAND DE SITIO.
CLA... ¡CLA-RO!
HAS PASADO DE LA ESQUINA A LA CABECERA.
ESTOY FLIPANDO...
Un puesto que quedó libre en el último momento en primera línea
Cabecera

* Diario de mi artista favorita

¡"PLAP, PLAP"!
PLAP
PLAP
FLAP
QUÉ DIVERTIDO, ES COMO MACHACAR ARROZ PARA HACER PASTELITOS MOCHI.
LLEVO UN RATO PEN-SANDO...
...QUE EL OBORO ESTE SE PARECE A TI, MOI.
CON ESOS OJOS TAN OSCUROS Y EL PELO-PINCHO NEGRO.
PLAP
¿QUÉ?
¡¿EEEEH?!
MO... ¡MOI, TE ESTÁS DESTI-ÑENDO!
¡¿POR QUÉ?!

¡SE ME HA DESVIADO LA MANO Y LLEVO TODO EL RATO APUNTÁNDOTE A TI EN VEZ DE AL PERMANENTE!
ZAAAA
¡AAAGH! ¡TE ESTOY DEJANDO SIN PIGMENTO!
¡NICO, NECESITO OTRA TANDA DE EJEMPLARES!
BUENO, ¿QUÉ MÁS DA?
¡HASTA TUS REACCIONES ESTÁN PERDIENDO SUSTANCIA!
¡¡AAAAGH!!
¡LO SIENTO, MOI, LUEGO TE VUELVO A ENTINTAR!
¡AY! ¡AY!
HM..
LO QUE TÚ DIGAS...
!!
¡CON ESAS PINTAS...!
GRUOOO
ESE PELO BLANCO...
BRZ

ザワッ
BLA
オシエシニッシ
Hm..
¡Un Oboro whiter vendiendo en un puesto!
¡Lime le ha dejado la bufanda!
TACHÁAAN
¿Eh? ¿Ya hay cosplays de su forma whiter?
¡Pero si eso sale en el último capítulo!
¡Y es clavado a él!
BLA
BLA
BLA
Espera, ¿quién lleva ese stand?
¡Buah! ¿Es de Haimi?
Ay, pero... ¿ha publicado un dôjinshi? ¡Tengo que comprar-lo!
A mí es que me encantan las parrafadas de Dengeki Melon.
¡Yo también la sigo!
¿Lo han hecho juntas?
BLA
BLA
BLA
BLA

ZIS キョロ
ZIS キョロ
AL FINAL, HE CONSEGUIDO VENIR BASTANTE PRONTO.
EH... ¿DÓNDE ESTÁ NUESTRO STAND...?
!!
¡TENEMOS A UN VENDEDOR CON COSPLAY Y NOS HAN PUESTO EN LA PRESIDENCIA!
¡SE HAN VENDIDO LOS 1.000 EJEMPLARES DE LA INCERTIDUMBRE DE UN CORAZÓN VACILANTE!
Uh..
HA SIDO COMO UN SUEÑO.

PRIMERA OBRA DE DIARIO DE MI ARTISTA FAVORITA:

...HA SIDO CONOCER EN PERSONA A TANTA GENTE QUE COMPARTE MIS GUSTOS...
...Y SENTIR QUE QUIENES ESTÁBAMOS ALLÍ FORMÁBAMOS PARTE DE UN TODO.
MI IDEA ERA VIVIR ESTO UNA VEZ...
...Y DEJARLO ESTAR, PERO...
ESTE...
¡...ES EL FORMULARIO PARA EL PRÓXIMO EVENTO!
Formulario de inscripción
Fecha límite
on online. Fecha límite

MIRA QUE HABÍA OÍDO ESO DE QUE UNA VEZ QUE LO PRUEBAS, YA NO PUEDES PARAR...
...PERO AHORA ENTIENDO POR QUÉ LO DICEN.
¡SÍ, TENEMOS QUE APUNTARNOS! HAY UNA ESCENA QUE ME MUERO POR DIBUJAR...
¡JI, JI, JI! ¡QUÉ BONITO ES TENER UNA PASIÓN!
¿VERDAD, MOI?
...
SÍ.
NO ES EL REFLEJO DE LA LUZ DEL CREPÚSCULO.
ES QUE EL CAFÉ QUE NICO HA UTILIZADO PARA DEVOLVERLE EL COLOR HA RESULTADO SER MÁS CLARO DE LO QUE ESPERABAN Y LE HA QUEDADO EL PELO COMO SI SE HUBIERA TEÑIDO DE CASTAÑO. MORIHITO PRETENDÍA QUEJARSE...
...PERO, COMO NO QUERÍA ESTROPEAR UN MOMENTO TAN EMOTIVO, SE HA MORDIDO LA LENGUA.
PRIMERO ME PEINA UN RAYO Y AHORA ME ENTINTAN EL PELO CON CAFÉ.

¡Con el pigmento de las algas kombu quedarás como nuevo!
CHAAAS
¿No tienen un toque verdoso? ¡Haz el favor de usar algo que sea negro de verdad!

✦82 Tempestad otoñal 1

CÓMO RELUCE EL CALDO.
¡BUAH!
QUÉ BIEN SABE ESTO.
BASE DE CALDO DE CERDO CON PESCADO.
ESTÁ CONDIMENTADO CON MUY BUENA MANO PARA SACARLE EL MEJOR SABOR A CADA INGREDIENTE.
EL CALDO DE PESCADO NO ESTÁ HECHO NI CON BONITO SECO NI CON ALGA KOMBU.
LLEVA ALGÚN BIVALVO...
¿ALMEJAS, QUIZÁ?
ズゾゾッ SRRRP
LOS FIDEOS ESTÁN DE MUERTE.
SON FINOS Y RIZADOS Y LE VAN MUY BIEN AL CALDO SUAVE.
FUUU
FUUU
QUÉ MARAVILLA. EL CALDO NO MATA EL GUSTO DE LA PASTA.
DAN GANAS DE COMER TODOS LOS DÍAS UN PLATO TAN LIGERO Y SENCILLO.

EL CORTE DEL CERDO ES GRUESO, PERO ESTÁ BIEN COCIDO Y HA QUEDADO TIERNO.
TIENE UN TOQUE DE ANÍS ESTRE-LLADO...
MUCHÍSIMAS GRACIAS...
MERECE LA PENA COCINAR PARA SEMEJANTE GOURMET.
Y ESTÁ ADEREZADO CON SALSA DE SOJA DE KYÛSHÛ.
YO SÍ QUE TE LO AGRA-DEZCO.
A TI, QUE LO HAS COCI-NADO...
...A QUIEN HA PRODUCIDO LOS INGRE-DIENTES...
...Y A LA VIDA MISMA.
GRACIAS POR TODO.
SRP
チュルッ

¡¿Se puede saber qué pasa en este restaurante?!
¡Había una mosca wewe del Nilo en mi ramen! ¡¿Acaso estamos en Egipto y no me he enterado?!
Otra vez el que siempre está montando gresca.
Déjalo ya, anda.
¡¿Cómo?! ¡¿Quién te has creído que eres para hablarme así, payaso?!
Sé quiénes sois. Os han pagado de un restaurante de la competencia para que vinierais, ¿no?
SRRRP
¡¿Qué pruebas tienes, a ver?!
CLANC

CHOF
PERO QUÉ DELICIA DE FIDEOS CASEROS.
...
EH, TÚ.
¿VAS A QUEDARTE AHÍ SENTADO?
¡A VER SI ESPABILAS Y AHUECAS EL ALA DE UNA VEZ! ¡ERES MÁS CORTO QUE UNA ESCALERA PARA RECOGER PATATAS, ¿EH?!
SRP
ÑAC
¡¿TE DAS CUENTA DE LA SITUACIÓN EN LA QUE ESTÁS?! ¡ESFÚMATE! ¡LÁRGATE A TU CASA A ESCRIBIR RESEÑAS DE MIERDA!
SRRRP

ÑUIG
SRRRP
SRRRP
SRPPP
SRRRP
¡¿TE ESTÁS QUEDANDO CONMIGO?! ¡QUE DEJES DE JAMAR!
AH, YA SÉ QUÉ LLEVA EL CALDO: MEJILLONES SHIJIMI.
ÑOM
¡ESTO LO VAMOS A RESOLVER EN LA CALLE! ¡TE VOY A DEJAR TAN IRRECONOCIBLE COMO ESTE ANTRO!
CRAS
BLAM
PAM
¡POR FAVOR, DEJADLO YA!
¿QUÉ LE PASA A ESTE TÍO?
POC
UF...

ガ RAAAC タン
MUCHAS GRACIAS.
BUF, ESTABA DE VICIO.
...
Arf
Arf
Arf
...
ホン POM
VENGA.
¿NOS VAMOS?
¿QUÉ? SÍ...
¡VAMOS ALLÁ! ¡ARRANCA!
HASTA OTRA.
ブロロロロ... BRUUUM

ブロロロロロ…
BRUUUM
キィ
ÑIÑIII
バタム
PLAC
BAJA.
ANDA, UN EDIFICIO ABANDONADO.
MUY BIEN, GRANUJILLAS, VEO QUE SABÉIS ADÓNDE IR PARA QUE NADIE NOS MOLESTE.
ドン
CHAN
Y...
...ESTÁN AQUÍ VUESTROS AMIGOS ESPERÁNDONOS.
QUÉ HONOR.

¡JIA, JA, JA! ¡SOMOS EL CLAN KIBASAWA!
¡BASTA CON UN AVISO PARA QUE NOS REUNAMOS TANTOS!
PUEDES ECHARTE A TEMBLAR, PERO YA ES DEMASIADO TARDE.
TE VAS A ENTERAR DE CON QUIÉN TE HAS METIDO.
AUNQUE, SI QUIERES SUPLICAR, ADELANTE.
¿HEMOS VENIDO AQUÍ A DARLE A LA LEN-GUA?

PLOM
ペタン
A...
ZAAAS
¡A POR ÉEEL!
DESDE LUEGO, LOS HUMANOS...
...NO VALÉIS NADA.

PIAC
PIAC
PRIIUUM
QUÉ COSAS TAN ÚTILES TENÉIS AHORA.
RESULTA QUE VUESTRO ESBIRRO TENÍA VUESTRO NÚMERO GUARDADO. QUÉ BIEN ME HA VENIDO.
TROMP
Arf...
Arf...

¿TE LOS HAS CARGADO TÚ A TODOS...?

No me esperaba que fueras tan joven...
No todo el mundo en nuestros círculos ha oído hablar de ti.
¿...Demonio errante?
Lamento que mis subordinados fueran así de ignorantes. Puedo compensártelo...
Déjalo ya y llévatelos de aquí.
Ah, y...
...Este sitio me lo quedo.
Como entre alguien sin mi permiso, le dejaré los huesos listos para hacer caldo.
Sí...
Entendido.
ブロロロロ…
BRUUUM

¿QUÉ HACÍAS CON ESOS MACARRI-LLAS?
ZAT
SÍ QUE TE ABU-RRES.
DÉJA-ME.
ES QUE NO HE RECIBIDO NOTICIAS DE NADA.
PUES A ESO HE VENIDO.
LA FECHA ELEGIDA...
...ES EL SÁBADO, DENTRO DE CINCO DÍAS.

ENTEN-DIDO.
¿DE VERDAD SERÁS CAPAZ? A VER SI LLEGADO EL MOMENTO TE VAS A PONER SENSIBLERO.
NO TE PREO-CUPES.
LO HARÉ SIN DUDAR.
TODO SEA POR EL BIEN DEL PLAN.
PARA ESO HEMOS AUNADO FUERZAS.
Y RESULTA QUE HEMOS ENCONTRADO UN SITIO IDEAL.

¡FUAH...!
TAP
ESPERA, QUÉDATE UN POCO MÁS.
¡NO, YA ME HE CANSADO DE LUCHAR CUERPO A CUERPO!
KAN-NICO CHANNEL
¡SI TE HAS QUEDADO CON GANAS DE MÁS, PÍDESELO A WOLF!
KEIGO...
¡NO!
OS LO TOMÁIS DEMASIADO EN SERIO.
WOLF TIENE MUCHAS GANAS DE BRONCA...
...PERO LUEGO ES A MÍ AL QUE LE DUELE TODO CUANDO SE DESPIERTA.

...
MIHARU, MAJO...
¡YO ES QUE SOY MÁS DE ESGRIMA!
KAN-NICO
YA ESTÁ DE MORROS.
ENTIENDO QUE SU CUERPO LE PIDE PELEAR, PERO LOS DEMÁS TENEMOS NUESTROS LÍMITES...
ES COMO UN PERRAZO ENORME, NO SE CONFORMA CON UN PASEÍTO.
NO SABE MORDER SIN HACER DAÑO.
NECESITA A ALGUIEN CON QUIEN OLERSE LOS CULOS PARA PONERSE A MOVER EL RABO.
¡YA ESTÁ BIEN DE COMPARARME CON UN CHUCHO!
MOI, TE HA LLEGADO UNA CARTA.
¿A MÍ?
¿DE QUIÉN?
FRAS

OH...
CHAAAS
¿EH? ¿ESTÁ MOVIENDO EL RABO?
FLAP
FLAP
¿QUIÉN ES?
ALGUIEN A QUIEN ECHABA MUCHO DE MENOS. QUIERE QUEDAR.
SE ME HACE RARO VERTE TAN CONTENTO.
SERÁ UNA CHICA QUE LE HACE TILÍN.
¡Jui, ji, ji!
!!

TAP
¡RAN!
CUÁNTO TIEMPO...
...MORI-HITO.

Los dormitorios de la residencia Otogi

1 EL CUARTO DE MORIHITO

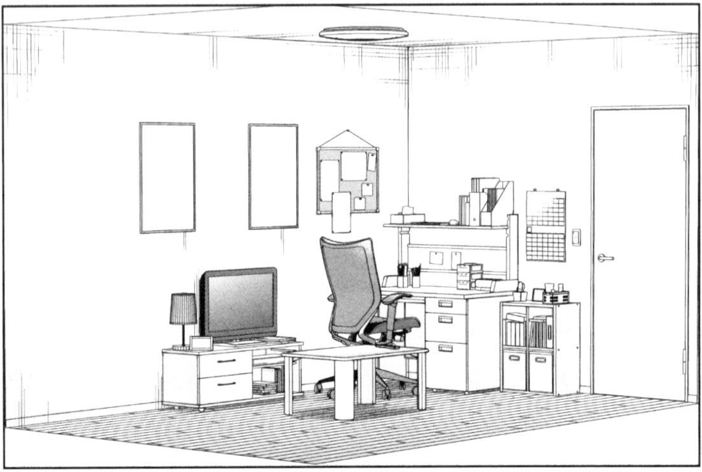

Acorde con su carácter, lo tiene limpio y ordenado.
Le molesta hasta que el mando a distancia no esté exactamente en su sitio, así que prefiere que no entre nadie. Como su habitación está en el piso de abajo, le fastidia un pelín tener que usar el baño de arriba.

✦83
PAPÁ, ¿QUIÉN ES ESE?
SE LLAMA RAN OOTAKE. ES UN DEMONIO, IGUAL QUE NOSOTROS.
SE VE QUE LLEVA MUCHO TIEMPO VIAJANDO EN SOLITARIO. ¿Y TU FAMILIA?
...
REIJI OTOGI...
HE VENIDO AQUÍ PORQUE ME HE ENTERADO DE QUE CONOCES LA TÉCNICA DEMONÍACA DEL KIGON.
QUIERO QUE MIDAMOS FUERZAS.
SI ES UN TEMA SENSIBLE, MEJOR LO DEJAMOS PARA OTRO MOMENTO.
NUNCA HABÍA CONOCIDO A UN DEMONIO FUERA DE MI FAMILIA. ME ALEGRO.

...ENFRÉNTATE A MI HIJO MORIHITO.
AH, ASÍ QUE ERA ESO.
HOY ESTAMOS DE DESCANSO, PERO MA-ÑANA...
?
QUÉDATE UNOS DÍAS CON NOSOTROS. ERES BIENVENIDO.
¡JA, JA, JA! ES MÁS FUERTE QUE YO.
PESE A QUE CABE ESPERAR QUE LA SANGRE DEMONÍACA SE VAYA DILUYENDO DE GENERACIÓN EN GENERACIÓN, ÉL ES DE LEJOS MÁS PODE-ROSO.

RAN RESULTÓ SER EXTREMADAMENTE FUERTE.
AUNQUE ERA JOVEN, DOMINABA UN BUEN NÚMERO DE ARTES MARCIALES.
ERA UN AUTÉNTICO ENIGMA, PERO ME EMOCIONABA ENFRENTARME POR PRIMERA VEZ A ALGUIEN TAN FORMIDABLE. NOS PASÁBAMOS CADA DÍA LUCHANDO DEL ALBA AL ANOCHECER.
AL CABO DE DOS SEMANAS, SE ESFUMÓ EN EL AIRE TRAS DEJARNOS SOBRE LA MESA UN PAGO POR SU ESTANCIA.
NUNCA LLEGUÉ A SABER POR QUÉ QUERÍA HACERSE TAN FUERTE...
...NI A DÓNDE SE HABÍA MARCHADO...
...PERO JAMÁS OLVIDARÉ LOS MARAVILLOSOS DÍAS QUE PASAMOS JUNTOS.
KAN-N
CHANNEL

* Estoy deseando tener un encuentro contigo.

¡QUE TE DIGO QUE VOY CONTIGO! EL SÁBA...
¿HM? EL SÁBADO...
AH, ¿VAS A SALIR?
SÍ, VOY CON KARA, KUKU, KIYOMIYA Y KOMUGI AL KARAOKE.
AH, ESE DÍA HE QUEDADO CON LAS CHICAS DE CLASE.
PUES NO VOY A PODER ACOMPAÑARTE.
BUENO, QUÉ REMEDIO, TENDRÉ QUE IR YO DE GUARDAESPALDAS.
UGH, QUÉ PALO, PUES ME APUNTARÉ YO TAMBIÉN.
EN FIN, SI NO QUEDA OTRA, TENDRÉ QUE UNIRME AL PLAN.
Y... ¡YA EMPEZAMOS! ¡SOLO USÁIS LA EXCUSA DE IR DE ESCOLTA PARA ESTAR CON MIS AMIGAS!
HM...

ピンポーン
DING DOOONG
EL SÁBADO.
ガチャ
CHAC
¡VAMOS, NICO!
ゾロ
TROMP
ゾロ
TROMP
ゾロ
TROMP
¡VALEEE!
¡¿TE VAS A TRAER A TODOS ESTOS?!
¡¿SE PUEDE SABER QUIÉN OS HA INVITADO?!
EL DEBER NOS LLAMA.
¡PUES OS METÉIS EN OTRA SALA DEL KARAOKE!
ES QUE, KARA...
RESULTA QUE MOI...
Bsss... Bsss...
AH, YA...
Bsss... Bsss... Bsss...
TÚ TRANQUILA, QUE NO VA A PASAR NADA.
¿TÚ CREES? YO NO ME FÍO, QUE YA ME SÉ LA HISTORIA: TE REENCUENTRAS CON ESA PERSONA DE LA QUE TAN BUEN RECUERDO GUARDAS DE LA NIÑEZ Y SURGE EL AMOR...

FUS
ソワ
ソワ
FUS
Estás de buen humor, ¿eh, Morihito?
Sí.
Bueno.
Es que siempre he tenido a Ran en un pedestal...
Nico debe de estar de los nervios.
0422-2
✦83
Tempestad otoñal 2

FIUUU
ヒュウゥウゥ…
CON LO QUE HEMOS CAMINADO Y HEMOS IDO A DAR A...
...UN PATIO, ¿NO?
CLARO, AQUÍ NO NOS MOLESTARÁ NADIE.

PARA SOLO ESTAR AHÍ PLANTADO, ME ESTÁ GENERANDO UNA TEN-SIÓN...
PREPÁ-RATE, MORIHITO.
NO HAS VENIDO PARA CHARLAR, ¿EH?
FAS
TUTUM
?!
TUM
¿QUÉ ES...?
TUM
TUM
FUOOO
¿...ESTA...?
TUM
¿...SED DE SANGRE?
TUM

Arf...
Arf...
Arf...
Arf...
どっ
FUOM

¡¡RAN!!
¡¿VAS EN SERIO?!
¿PRETENDES QUE ME CONTENGA?
EXAC-TO.
¡NO, A VER...! ¡PERO TAMPOCO HACE FALTA QUE VAYAS A MATAR!
¿ES QUE QUIERES LUCHAR A VIDA O MUERTE?
!

ZAAAS
FUOS
FUM
Siempre esos ademanes tan amplios.

PLAAAM
ガラ
GRAC
ガラ
GRAC
ガラ
GRAC

SIGUE SIENDO RAPIDÍSIMO Y MOVIÉNDOSE LO MÍNIMO IMPRESCINDIBLE.
PTU
NO HACE NI EL MÁS MINÚSCULO ASPAVIENTO PARA LUCIRSE.
ES UN EXPERTO EN MEDIR CADA GESTO; TODO LO CONTRARIO A LOS TOPETAZOS DE WOLF Y MÍOS.
NO TENGO NADA CONTRA TI...
...MORIHITO.
PARA MÍ, AQUELLAS DOS SEMANAS TAMBIÉN FUERON IRREMPLAZABLES.
¡ENTONCES, ¿A QUÉ VIENE ESTO?!
¡¿POR QUÉ TIENES QUE ATACARME?!
PORQUE TENGO QUE...
...DERROTARTE.
PASO.
NO TE VOY A DAR EL GUSTO.
TAP

¿Vas a huir?
¡Pues sí!
Tenía tantas ganas...
...de verte...
Muchí-simas.

¿Crees que podrás escapar?
TAP
BZZZT
¡¿Qué?!
FUOOO
Este espacio está envuelto por una barrera.

TUM
Es imposible salir y tampoco hay cobertura.
TUM
Tendrás que vencerme para marcharte.
TUM
TUM
¡¿Una barrera?!
FAS
¡Es...!
¡...Magia!

¡RAN! ¡¿ERES EL FAMILIAR DE UNA BRUJA OSCURA...?!
HE DE CUMPLIR CON UNA MISIÓN.
Y PARA ELLO...
...TENGO ÓRDENES DE DESHACERME DE TI, MORI-HITO OTOGI, UN OBSTÁCULO EN NUESTRO CAMINO.
GRUOOO
!
¡¿VAS A POR NICO?!
MIER-DA...
ZRIC

TE VOY A HACER PEDAZOS.

Los dormitorios de la residencia Otogi

2 EL CUARTO DE NICO

Originalmente era el dormitorio del padre de Morihito, así que ha mantenido casi todo el mobiliario y se ha limitado a llenarlo con sus cosas. Para ser la habitación de una chica, es sencilla. No es nada materialista y pasa mucho tiempo en el salón; será que le da igual sacarle o no partido.

TUM
RAN SE HA ALIADO CON UNA BRUJA OSCURA.
NICO ESTÁ EN PELIGRO.
NECESITO ENCONTRAR LA MANERA DE HACÉRSELO SABER.
TUM
EL PROBLEMA ES LA BARRERA.
ME HA ENCERRADO Y NO PUEDO USAR EL MÓVIL...
TUM
TUM
NICO...
¡¿ESTÁS A SALVO?!
✦84 Tempestad otoñal 3
AY... PERO QUÉ BIEN ME LO HE PASADO EN EL KARAOKE.
VAYA FIESTA HEMOS MONTADO EN NUESTRA SALA.
PUES EN LA NUESTRA HA SIDO UN MUERMO.
TENEMOS GUSTOS MUSICALES DEMASIADO DISPARES.

SUPONGO QUE MORIHITO TAMBIÉN SE LO ESTARÁ PASANDO EN GRANDE CON SU AMIGA.
¡UGH!
ESA ES LA CUESTIÓN...
¿CUÁL?
MI CONTACTO DE CONFIANZA HA ENVIADO A UN ESPÍA PARA COMPROBAR SI ESAS ACUSACIONES DE ADULTERIO TIENEN ALGUNA BASE.
¿QUÉ?
EH, EH, RELÁJATE, ¿DÓNDE VES TÚ AQUÍ ADULTERIO?
¿Y QUIÉN ES EL ESPÍA?
ピョコン
FLIUP
!
¡SHIKI!

QU... ¡¿QUÉ HACÍAS EN MI BOLSI-LLO?!
¡AHORA NO TE ME PONGAS EN PLAN VERGON-ZOSO!
ポリ RIS ポリ RIS
¡NO ME DIGAS QUE CUANDO NICO SE HA PUESTO A CUCHICHEAR CON KARA...!
Bsss.. Bsss.. Bsss..
¡...LE HA PEDIDO QUE TE MANDASE A ESPIAR-ME!
Bsss..
SHIKI, TÚ SÍ QUE SERÁS CAPAZ DE SALIR DE AQUÍ.
Bsss..
Bsss..
VE A AVISAR A NICO.
¿QUÉ ESTÁS MURMU-RANDO?
TAP

FLAAAP
SI TIENES ALGUNA ÚLTIMA VOLUNTAD, DÍMELO Y LO RESPETARÉ EN HONOR A NUESTRA VIEJA AMISTAD.
SOLO ESTABA REFUNFUÑANDO.
ES QUE ESTO DE VER TORCERSE ASÍ A UN AMIGO DESPUÉS DE TANTOS AÑOS...
POOOM
FLAP
FLAP
FLAP
POPOOOM
POM
POM
POPOM
DEBE DE HABER UN FESTIVAL.

CRAAAS
PLOOOM

PLAS
FIU
POM
¡ES FUERTE...!
¡ESTE ES SU AUTÉNTICO PODER...!
¡...RESULTADO DE AÑOS DE ENTRENAMIENTO INCONMENSU-RABLE!
¿QUÉ CLASE DE VIDA HABRÁ LLEVADO PARA LLEGAR A ESTO?
ES VERDAD.
CUANDO NOS CONOCIMOS, ME DEJÓ LA MISMA SENSACIÓN...

¿CUÁNTO TIEMPO LLEVAS VIAJANDO PARA PERFECCIONAR TU TÉCNICA DE COMBATE?
...
¿QUÉ MÁS DA ESO?
LO IMPORTANTE ES SI HAS VISTO LA FINTA QUE HE HECHO.
CLARO QUE SÍ, LA VEZ QUE HAS HECHO "FUS".
LO HE HECHO DOS VECES.
¡"Fus" y "fus"!
GAAAN
FÍJATE MUY BIEN EN LOS MOVIMIENTOS DE TU OPONENTE Y ENTIENDE LO QUE ESTÁ PENSANDO.
PONTE EN SU PIEL.
¿VA A LANZARSE CON TODO EN UN SOLO GOLPE...?
¿...O VA A HACER ALGUNA FINTA?
NO PUEDO PONERME EN TU PIEL...
...PORQUE CASI NO TE CONOZCO...
ADEMÁS, ATACAS TAN RÁPIDO QUE NO ME DA TIEMPO A REACCIONAR.

¡NO VALE QUE APRENDAS SOLO TÚ LA TÉCNICA DEL KIGON!
¡QUÉ MO-RRO!
BUENO, ES QUE EL *HYÔFÛKEN*, EL PUÑO DEL VENDAVAL, ES UN ESTILO DE COMBATE QUE HE DESARRO-LLADO YO MISMO.
¡YO QUIERO QUE ME LO ENSE-ÑES!
HM...
AHÍ TIENES RAZÓN.
ERA LA PRIMERA VEZ QUE ME ENCONTRABA A UN CONTRINCANTE TAN FUERTE...
...Y MI SANGRE DEMONÍACA BULLÍA DESESPERADA POR APROVECHAR LA OPORTUNIDAD.
LLEVO ENTRENÁN-DOME DESDE ENTONCES.
HE SEGUIDO TUS PASOS...
...PARA NO OLVIDAR ESA SENSACIÓN.
ÑUG

ZAS
ZAS
ZAS
ZAS
ZAS
ZAS
ZAS

ZUAAAS
FÍJATE MUY BIEN EN SUS MOVIMIENTOS.
FUS
PONTE EN SU PIEL.
FUS
¿ME CONSIDERAS...?
¿...UN OPONENTE A TU ALTURA?
FUS

PAAAM

** Otogi

* Premio

ピンポーン
DING
DOOONG
ガラッ
RAAAS
¡NICO!
¡MO-MOCHI!
AH, Y VIENES CON SHIKI.
¡HAS HECHIZADO TÚ ESTO, NICO?
PUES SÍ...
ES MI FAMILIAR.
MIRA LO QUE PONE.
?

!!
HUYE NICO
¿ES... UN MENSAJE DE MOI?
TUM
¡HA TENIDO QUE PASARLE ALGO!
TUM
TUM
¡¿SE HABRÁ ENCONTRADO CON UNA BRUJA OSCURA?!
TUM
¡HAY QUE PONERSE EN GUARDIA!
ZAS
¡NO HE SENTIDO LA ALERTA! ¡NO PUEDE ESTAR CERCA!
ADEMÁS, MOI...
TUM
...HA ESCRITO ESTO...
HUYE NICO
¡...CON SANGRE!

HM...
Arf..
QUÉ RARO.
Arf..
¿POR QUÉ NO TE AFECTAN MIS GOLPES!?
FUMP
ZUUUS
ESTOY SEGURO DE QUE LE HE DADO.
¿SE HA CURADO AL MOMENTO? IMPOSIBLE.
ADEMÁS...
...ES IMPENSABLE QUE MEDIANTE MERO ENTRE-NAMIENTO CONSIGA MOVERSE ASÍ.

HAY UNA BRUJA OSCURA POR AQUÍ CERCA AYUDÁNDOTE, ¿NO?
...
PUEDE.
¿QUIÉN SABE?
NO... NO LA HAY.
RAN HA VENIDO A ENFRENTARSE A MÍ EN UN UNO CONTRA UNO...
...CUANDO BIEN PODRÍA HABERME ATACADO POR SORPRESA EN CUALQUIER MOMENTO.
¿QUÉ PRETENDES, RAN?
¿POR QUÉ VAS A POR NICO?
...
FIUUU
¿CÓMO HAS HECHO...?
¿...PARA DECIRLES DÓNDE ESTÁBAMOS?

¡¡MOI!!!
ZÁAAM
!!
¡SERÁS IDIOTA! ¡¿POR QUÉ HAS VENIDO?!
¡HAY UNA BARRERA, NO PODÉIS ENTRAR AQUÍ! ¡MÁRCHATE AHORA MISMO!
GRUOOO
¡NI...CO...!
¡ESE ES... EL DEMONIO RAN!
MOI, ES...

...UN BRUJO OSCURO.
¡ACABO DE SENTIR LA ALERTA! ¡SE ME HA ACTIVADO POR ÉL, ESTOY SEGURA!
?!

¡NO, IMPOSIBLE! RAN ES UN DEMONIO.
SI HAY UNA BRUJA OSCURA, ÉL...
GRUOOO
SOY HIJO DE UN DEMONIO...
NO SOY UN FAMILIAR.
"¿CUÁNTO TIEMPO LLEVAS PERFECCIONANDO TU TÉCNICA DE COMBATE?"
...Y DE UNA BRUJA OSCURA.
SOY UN BRUJO INMORTAL.

Los dormitorios de la residencia Otogi

3 EL CUARTO DE MIHARU

La habitación estaba prácticamente vacía cuando llegó, así que la ha amueblado a su gusto. Con tanto mobiliario de estilo aristocrático europeo, no parece el cuarto de un chaval de secundaria.

Suele echarse la siesta, de modo que considera la cama importantísima.

✦85 Tempestad otoñal 4

¡¿QUE ERES HIJO DE UN DEMONIO...?!
¡¿...Y DE UNA BRUJA OSCURA?!
¿Y HAS DICHO QUE ERES... INMORTAL?
NACÍ EN EL AÑO...
...1860.
TENGO MÁS DE 160 AÑOS.
?!

¿NO ES NECESARIO ESPOSARLA?
ES UNA BRUJA PECULIAR, INCAPAZ DE USAR NINGÚN HECHIZO QUE DEBA PREOCUPARNOS.
SUS PODERES LE PERMITEN TRAER A LOS MUERTOS DE VUELTA A LA VIDA Y LE OTORGAN...
LA INMORTALIDAD, ¿EH?
ME LLAMO MOGARI OOTAKE. A PARTIR DE HOY SERÉ TU CARCELERO.

OOTAKE... ¿ERES UN DEMONIO?
JU... SI LOS DEMONIOS HUBIERAIS COMBATIDO EN NUESTRO BANDO, LA GUERRA HABRÍA SEGUIDO UN CURSO DISTINTO.
NOS SOBRESTIMAS; HEMOS PERDIDO BUENA PARTE DE NUESTRO PODER.
LOS HUMANOS NOS HAN HOSTIGADO HASTA TAL PUNTO QUE YA SOLO SUBSISTIMOS EL LINAJE OOTAKE Y EL OTOGI.
ENVIDIO TU CUERPO IMPERECEDERO...
...BRUJA INMORTAL UZU.
NO SE ME HA CONCEDIDO LA VIDA ETERNA.
TAN SOLO SE ME HA OTORGADO UNA GRAN CAPACIDAD DE SANACIÓN Y UN ENVEJECIMIENTO EXTREMADAMENTE LENTO.
20 AÑOS SON PARA MÍ LO QUE 1 PARA UNA PERSONA COMÚN.
¡20 AÑOS!
ENTONCES TARDARÍAS 1.200 AÑOS EN VIVIR LO EQUIPARABLE A 60... ES COMPRENSIBLE QUE TE CONSIDEREN INMORTAL.
¿CUÁNTOS AÑOS TIENES?
250.
AQUELLA MUJER...

MI CUERPO ES EL DE UNA JOVEN DE 22.
...PARECÍA MÁS UNA BRUJA BLANCA QUE UNA OSCURA.
ERA HERMOSA COMO UN ÁNGEL.
¡AH, ENTONCES ERES DE MI MISMA EDAD!
¿DE TU EDAD?
...
¡PFT!
JU, JU...
1856, AÑO 3 DE LA ERA ANSEI.

CON LOS ÚLTIMOS ESTERTORES DEL SOGUNATO, JAPÓN SE ADENTRABA EN UNA ÉPOCA DE VIOLENCIA Y CAOS.
EN LA MONTAÑA, AISLADA, SE LIBRABA UNA CONTIENDA QUE NO QUEDARÍA RECOGIDA EN LOS ANALES DE LA HISTORIA.
DIVIDIDAS EN DOS FACCIONES DE DISTINTO CREDO, LAS BRUJAS BLANCAS Y OSCURAS LIBRABAN UNA CRUDA CONTIENDA...
LA GRAN GUERRA DE LAS BRUJAS.
LAS BRUJAS OSCURAS FUERON DERROTADAS...
...Y EJECUTADAS, EMPEZANDO POR JURA, SU ADALID.
SE ERRADICARON SUS LINAJES PARA EVITAR QUE VOLVIERAN A ALZARSE EN ARMAS.

CON UNA EXCEPCIÓN...
COMO NO PUEDES MORIR, TE MANTIENEN PRESA. TE COMPADEZCO.
ESCOGER LA INMORTALIDAD HA SIDO UN ERROR.
NO ME CULPES.
NO FUE MÍA LA ELECCIÓN.
NO HE SIDO NORMAL JAMÁS, DESDE MI MISMO NACIMIENTO.
¿ACASO SOY RESPONSABLE DE ELLO?
...
¿POR QUÉ DECIDISTE COMBATIR JUNTO A LAS BRUJAS BLANCAS, DEMONIO?
UNA BRUJA DEL LINAJE AL QUE SERVÍAN MIS ANCESTROS SOLICITÓ QUE ME UNIERA A LA GUERRA.
ME HE LIMITADO A CUMPLIR CON MI DEBER.
TU DEBER... ESO SUENA ENCOMIABLE.
LA FORTUNA QUISO QUE NACIERAS DEMONIO Y QUE PRESTASES AYUDA A UNA BRUJA A LA QUE EL DESTINO HABÍA UNIDO A TU FAMILIA.

SÉ QUE A LOS DEMONIOS SE OS HA PERSEGUIDO A LO LARGO DE LA HISTORIA.
¿NUNCA HAS MALDECIDO HABER NACIDO COMO UNO?
PUEDE.
¿QUIÉN SABE?
AQUELLO QUE ES MÁS FRECUENTE SE DENOMINA COMÚN, NORMAL. Y EL AZAR HA QUERIDO QUE NO FORMEMOS PARTE DE ESE GRUPO...
...POR LA NATU-RALEZA DE NUESTRO NACIMIEN-TO.
CONVERSABAN A MENUDO DE LAS CUESTIONES MÁS FÚTILES.
DE SUS VIDAS, DE SUS GUSTOS, DE LAS REVUELTAS SOCIALES, DEL DULZOR DE LOS BOLLOS DE ARROZ.
A VECES REÍAN.

LA INMORTALIDAD RESULTABA UN CASTIGO PEOR QUE LA PROPIA MUERTE.
A DIFERENCIA DE SU CUERPO SEMPITERNO, SU ESPÍRITU SE IBA SOCA-VANDO.
UNA ETERNIDAD SIN PERSPECTIVAS DE LIBERACIÓN.
TENÍAN TODO EL TIEMPO DEL MUNDO.
SU DEMONIO CUSTODIO COMENZÓ A RENEGAR DE AQUEL PODER QUE ELLA ALBER-GABA...
...Y A PERDER TODA FE EN LA MAGIA BLANCA.

MÁTAME, MOGARI.
¡PERO SI ERES INMORTAL! ¿QUÉ ESTÁS DICIEN-DO?
¡TE MATARÍA SI SUPIERA CÓMO!
HAY UN MODO.
EXISTE UNA SOLA MANERA DE MATAR A UNA BRUJA INMORTAL.
QUE DÉ A LUZ UN BEBÉ.
ゴォォォォォ…
GRUOOO
"SI CONCIBO UNA VIDA, LE TRANSMITIRÉ MI INMORTALI-DAD Y PODRÉ FENECER."
"POR FAVOR, MOGARI."
"SOLO PUEDO PEDÍRTELO A TI."

CLANG
CLANG
CLANG
CLANG
¡LA BRUJA INMORTAL HA HUIDO!
¡SU CARCELERO OOTAKE TAMPOCO ESTÁ!
¡ENCONTRADLOS!
¡ESE PODER NO DEBE PERPETUARSE!
FIUUU
¡YA HA NACIDO!
¡Buaaah!
¡Buaaah!
¡MIRA, ES UN NIÑO!
¡Buaaah!
¡UZU!
¡Buaaah!

DÉJAME SOSTENERLO EN BRAZOS.
¡Buaaaah!
EA...
EA...
LOS BEBÉS SON TAN...
¡Buaaaah!
¡Buaaaah!
!
UZU...
¡JUA, JA, JA, JA, JA, JA, JA, JA!
¡NO PIENSO DISCULPARME!
¡ÓDIAME!
¡ODIA ESTE MUNDO!
¡ESTOY HARTA DE VIVIR!
¡HIJO MÍO, CUMPLE MI ÚNICO DESEO!

Uh...
MOGA-RI...
ÑAG
GRACIAS...
¡JUA, JA, JA!
ADIÓS.
¡Buaaaah!
¡Buaaaah!
¡Buaaaah!
FEBRERO DE 1860, AÑO 7 DE LA ERA ANSEI.
VINE A ESTE MUNDO EN UN LUGAR REMOTO DEL MONTE.

ヒュウウウ...
FIUUU
AL PRINCIPIO, CRECÍA A LA VELOCIDAD DE UN NIÑO NORMAL.
MI PADRE ME CRIO EN LA MONTAÑA, A ESPALDAS DE LA SO-CIEDAD.
MI DESARROLLO SE RALENTIZÓ DE GOLPE A LOS DIEZ AÑOS.
UN DÍA, MI PADRE TUVO UN ACCIDENTE EN EL BOSQUE Y MURIÓ...
...PERO NO ME INVADIÓ LA DESESPE-RACIÓN.

¿VIVISTE SOLO A PARTIR DE LOS DIEZ AÑOS?
SÍ. ME PASÉ SESENTA AÑOS EN EL MONTE.
ÉL NO ME PROFESABA AMOR.
CUANDO MI CUERPO ALCANZÓ EL ASPECTO DE UN NIÑO DE TRECE AÑOS, ENTRÉ POR PRIMERA VEZ EN UNA ALDEA HUMANA.
HAN PASADO NOVENTA AÑOS DESDE ENTONCES.
LLEVAS 150 AÑOS SOLO...

No pretendo vanagloriarme de mi desgracia...
...Ni voy a aburriros contándoos qué se siente viviendo 150 años en el cuerpo de un niño.
No tenía más opción que hacerme fuerte.
Ya que tenía tiempo de sobra...
...decidí viajar para mejorar mis habilidades de combate.
Tuve encuentros y despedidas, para bien y para mal.
Al final, perdí todo apego por los seres humanos.
Vivía por y para entrenarme y comer.
Claro...
Eso explica que seas tan fuerte.
Has tenido una inmensa cantidad de tiempo para llegar a un nivel inalcanzable para una persona corriente.
¡Pues qué morro!
¡¿Qué?!
¿Cómo que morro?
Moi...

¡AUNQUE ENTIENDA TUS CIRCUNSTAN-CIAS, SIGO SIN VERLE SENTIDO A ESTO!
¡DESCIENDES DE UN LINAJE DE DEMONIOS, EXACTAMENTE IGUAL QUE YO! ¡DEBERÍAMOS SER CAPACES DE COMPREN-DERNOS!
¿QUE SOY IGUAL QUE TÚ?
¿POR QUÉ LUCHAS CONTRA MÍ?
ES CIERTO QUE...
...DISFRUTÉ DE MI ESTANCIA EN VUESTRA CASA.
ENTONCES ME HICISTEIS ENTENDER LO SOLO QUE ESTABA.
NO ERA NADIE PARA INVADIR COMO SI NADA LA CALIDEZ DE VUESTRO HOGAR.
¿POR ESO TE MAR-CHASTE, RAN...?

"POR LA NATURALEZA DE NUESTRO NACIMIENTO."
¡MI MADRE NACIÓ BRUJA OSCURA Y SE MATÓ PORQUE NO SOPORTABA SU PROPIA LONGEVIDAD!
¡MI PADRE NACIÓ DEMONIO Y POR ELLO SE VIO PERSEGUIDO Y ENVUELTO EN UNA GUERRA!
Y YO, QUE HE NACIDO AMBAS COSAS...
...NUNCA HE CONOCIDO EL AMOR Y ME ESPERA UNA LARGUÍSIMA VIDA.
¿ACASO ES CULPA MÍA...?
¿...HABER NACIDO ASÍ? ¡NO PUEDO REMEDIARLO!

¡MORIHITO! ¡¿DE VERDAD CREES QUE SOMOS IGUALES?!
TIEMPO DESPUÉS DE MARCHARME DE VUESTRA CASA, CONOCÍ A UN HOMBRE QUE SE HACÍA LLA-MAR BRUJO OSCURO.
DIJO QUE QUERÍA QUE LO AYUDASE CON SU PLAN...
ドクン
TUTUM

TUM
¿SU PLAN?
TUM
...Y QUE NECESITABA MI PODER PARA REVIVIR A LOS MUERTOS.
QUE ME NECESITABA.
TUM
DE MODO QUE DECIDÍ SEGUIRLO.
TUM
¡¿CUÁL ES SU PLAN?!
TUM
SU IDEA ES...
ERIGIR UN MUNDO DOMINADO POR LA MAGIA NEGRA.

...Traer de vuelta a la vida a la bruja oscura Jura, sellada en la Gran Guerra de las Brujas.
Y para ello utilizaremos a Nico Waka-tsuki.

Los dormitorios de la residencia Otogi

4 EL CUARTO DE KANSHI

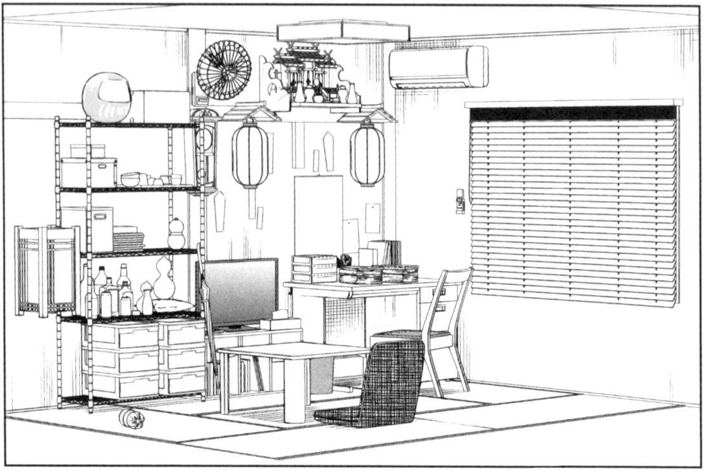

Es una habitación de estilo japonés de unos 10 metros cuadrados con suelo de tatami. En lugar de cama, hay un futón en el armario.

Tiene máscaras de tengu, un muñeco daruma y otros muchos elementos que le dan al cuarto un aire muy japonés. Las cajas que conserva de sus trabajillos están a reventar de más trastos.

✦86
JURA.
LA BRUJA OSCURA MÁS PODEROSA, EJECUTADA POR HABER PROVOCADO LA GRAN GUERRA DE LAS BRUJAS.
TODA INFORMACIÓN SOBRE ELLA SE SUPRIMIÓ PARA QUE NINGUNA BRUJA NACIDA DESPUÉS DE LA GUERRA SIGUIERA SU CREDO Y SE ENTRE-GARA A LA MAGIA NEGRA.
SIN EMBARGO, SUS IDEALES PERMANECEN ARRAIGADOS, DANDO CONTINUIDAD A SU VOLUNTAD EN LAS SOMBRAS.
QUERÉIS UTILIZAR A NICO...
...PARA ROMPER EL SELLO DE JURA. ¿UN SELLO COMO...?
UN SE...
...LLO...

✦86 Tempestad otoñal 5

* N.D.T.: Unos 6,70 euros en el momento de publicación en Japón.

¿QUÉ DICES? ¡QUE HAY UNA BARRERA!
¡LLEVAOS A NICO DE AQUÍ DE UNA VEZ!
TRANQUILO. AHÍ LLEGA...
FRA
フラ
フラ
FRA
¡¡¡H...!
FIUUUM
¡SÍ QUE CORRÉIS RÁPIDO...!
¡MOMOCHI!

PERDONAD, ES QUE NO SUELO VOLAR...
パ TAP
パ TAP
¡MOMOCHI! ¡VEN, DEPRISA!
¡AY, NO ME DIGÁIS QUE HAY ALGUIEN EN PELIGRO! ¿ESTÁIS BIEN?
LO MEJOR SERÁ QUE NOS VAYAMOS CUANTO ANTES A CASA A DESCANSAR.
¡QUE VENGAS AQUÍ DE UNA VEZ!
¡TELETRANSPÓRTANOS A LOS TRES FAMILIARES DENTRO DE ESA JAULA!
¡SHUNKAN IDÔ, TELETRANSPORTE!
¿¡CÓMO!?

ZAAAM
PANDA DE MOCOSOS... ¿CREÉIS QUE VENIR A HACER PIÑA OS VA A SERVIR DE ALGO?
ASÍ QUE TENÉIS UNA BRUJA DE LA TRAS-LACIÓN...
MOMOCHI ES CAPAZ DE TELE-TRANSPORTAR LO QUE SEA A CUALQUIER LUGAR QUE HAYA VISTO ALGUNA VEZ.

PUES VENGA. A VER QUÉ SABÉIS HACER.
NO TE AMEDRENTAMOS, ¿EH?
¡ASÍ ME GUSTA! SE NOTA QUE ES UN DEMONIO.
¡OS VOY A ENSEÑAR LO QUE ES EL INFIERNO!
ZAS

FLIIIM
?!
YA ES SUFI-CIENTE, RAN.
FLIM
FLIM
FLIM
RETIRADA.
GROOOM
BROOOM

¡UNA BRUJA OSCURA!
¿CÓMO QUE RETIRADA? ¡SIGO PUDIENDO CON ELLOS!
MÁS TE VALE NO SUBESTIMARLOS.
NO SON FAMILIARES CUALESQUIERA. EN ELLOS HA RESURGIDO TODO EL PODER DE SUS LINAJES.
NI SIQUIERA TÚ SERÍAS CAPAZ DE ENFRENTARTE A LOS CUATRO JUNTOS Y SALIR INDEMNE.
!
SHUUUUM
¡¡NO!!
ZAS
PUOF

POR ESTA VEZ OS DEJAREMOS MARCHAR.
HALA, QUÉ GUAY. ES LA PRIMERA VEZ QUE OIGO EN PERSONA A UNA MINDUNDI SOLTAR ESA FRASECITA CLICHÉ MIENTRAS SALE POR PATAS.
PARA TENER ESA CARITA DE ÁNGEL, NO SABES CUÁNDO DEJAR LA FIESTA EN PAZ, ¿EH, VAMPIRITO?
A VER SI VOY A TENER QUE HACER UNA EXCEPCIÓN CONTIGO Y BAJAR AHÍ A RAJARTE.
LO MEJOR ES RETIRARSE POR AHORA...
ADELANTE, AQUÍ ME TIENES.
DÉJALO YA, MIHARU.
...TANTO PARA NOSOTROS COMO PARA ELLOS.

¡TSK!
YA QUE ESTAMOS CON FRASECITAS CLICHÉ...
IDOS PREPA-RANDO.
LA MAGIA NEGRA ESTÁ BULLENDO, DISPUESTA A HACERSE CON NICO WAKATSUKI.
OS HEMOS DECLARADO LA GUERRA. ¡JIA, JA, JA!
¡HASTA LA PRÓ-XIMA!

¿ESTÁS BIEN, MOI?
SÍ, SOLO TENGO UN PAR DE RASGUÑOS.
LO QUE QUIERO ES TOMARME UN CAFÉ Y RELAJARME UN RATO.
LA PRÓXIMA VEZ ATACAREMOS EN GRUPO.
DE ACUERDO. VAMOS A CASA A ELABORAR UN PLAN DE CONTRAATAQUE.
ANTES ME HE DADO CUENTA...
...DE QUE ME HA LLEGADO UN MENSAJE DE IBUKI.
!!
¿SERÁ QUE, AL TENER UNA ESTRATEGIA, LAS BRUJAS OSCURAS HAN DEFINIDO EL FUTURO?
ES UNA NUEVA PROFECÍA.
LA LUNA LLENA IRÁ MENGUANDO. CUANDO TODO QUEDE CUBIERTO, EL ALMA DE LA BRUJA DE LOS MILLARES ASCENDERÁ A LOS CIELOS HECHA PEDAZOS.

Esto que dice la profecía da a entender que Nico morirá, ¿no?
Ha llegado la hora.
ゴク…
GLUPS
"La luna llena irá menguando. Cuando todo quede cubierto...". Se refiere a un momento concreto, ¿no?
Sí, eso mismo he pensado yo. Me he puesto a buscar y he dado con la fecha precisa.
El 8 de noviembre...
...habrá un eclipse total de luna.

¡UN ECLIPSE TOTAL DE LUNA!
LA LUNA LLENA IRÁ MENGUANDO POCO A POCO HASTA QUEDAR COMPLETAMENTE OCULTA.
EL ECLIPSE TOTAL SE PRODUCIRÁ HACIA LAS 8 DE LA TARDE.
¡ENTONCES EL 8 DE NOVIEM-BRE SERÁ EL DÍA DEL DESAS-TRE...!
TRANQUILA, NICO, NO TIENES NADA DE QUÉ PRE-OCUPARTE.
EL ENEMIGO NO SABE QUE CONO-CEMOS ESTA PROFECÍA.
ESO NOS DA UNA VENTAJA CONSIDE-RABLE.
PODEMOS EVITAR QUE SE CUMPLA.
BASTA CON QUE ESE DÍA TE TENGAMOS COMPLETAMENTE PROTEGIDA.
a los cielos hecha pedazos.

A LO MEJOR LO QUE HAY QUE HACER ES PASAR EL DÍA FUERA.
¡CLARO! PODEMOS IR EL DÍA ANTERIOR A YÛZENKYÔ Y REFUGIARNOS ALLÍ.
¡SÍ! EVITAREMOS EL ATAQUE DE LAS BRUJAS OSCURAS EL DÍA 8 DE NOVIEMBRE. ESA ES NUESTRA PRIORIDAD.
ADEMÁS, SI CAMBIAMOS EL FUTURO, PUEDE QUE LA PROPIA PROFECÍA CATASTRÓFICA DESAPAREZCA.
YA ME HAN DEJADO TRANQUILA.
MIS GUARDIANES SON FUERTES Y DIGNOS DE TODA CONFIANZA.
CON ELLOS, HASTA LO MÁS TERRORÍFICO DEJA DE PARECERLO.
ME ALEGRO TANTO DE ESTAR CON ELLOS...

¿CÓMO TE ENCUENTRAS, IBUKI?
YA ESTOY RECUPE-RADA.
TEN CUIDADO. HAS USADO UNA BUENA CANTIDAD DE MAGIA.
Y PENSAR QUE PRETENDEN RESUCITAR A JURA...
¿ES POSIBLE, SIQUIERA?
EN LAS CONDICIO-NES ADE-CUADAS, NO ES INVIABLE.
AUNQUE, DESDE LUEGO, TAMPOCO ES NADA SENCILLO.

Lo más complicado es conseguir un receptáculo.
Es decir, el cuerpo de una bruja tan poderosa como ella.
Desde que nació Nico, está claro cuál es la opción idónea.
Alguna bruja oscura debe de haberla descubierto y haberse dado cuenta de que le permitiría traer de vuelta a Jura.
Y habrá empezado a buscar aliadas con discreción.
Les habrá prometido que con ese símbolo histórico como líder podrán vivir en el mundo de sus sueños.
¡Hay que reunir a las brujas blancas más capaces que tenemos aquí!
No.
La guerra de la magia blanca contra la negra no debe repetirse.
Si rompemos la prohibición de usar nuestra magia para atacar, volveremos a aquellos tiempos en los que reinaba el caos.
Además, ¿qué más esperas que hagamos?
Nuestros mejores soldados son los familiares que están protegiendo a Nico.

NO PODEMOS HACER MÁS QUE CONFIÁRSELA A ELLOS.
A SUS CUATRO...
...FAMILIARES.
¡Jia, ja, ja, ja, ja, ja!
CHAN
¡PERO BUENO!
¡¿NO OS ESTÁIS RELAJANDO MÁS DE LA CUENTA?!
¡QUE VAN A VENIR LAS BRUJAS OSCURAS A ATACARNOS!
ES QUE YA NO ME AGUANTABA MÁS ESE PEDO...
¡Ja, ja!

SÍ, BUENO...
PERO SABIENDO QUÉ DÍA VAN A VENIR, PODEMOS CONSIDERAR QUE HASTA ENTONCES ESTAMOS A SALVO, ¿NO?
...
SUPONGO QUE SÍ...
OCTUBRE, CON EL OTOÑO EN SU ESPLENDOR.
¿HM? A VER, PERO LO MÍNIMO ES QUE HAYA UN POCO DE TENSIÓN, ¿NO...?
BLA
TANTO ESTRÉS SIENTA FATAL, MOI.
BLA
AY, QUIERO ALGO DE POSTRE.
BLA
PUES VENGA, ECHAMOS A SUERTES QUIÉN VA A COMPRARLO.
LA REPENTINA TEMPESTAD HA PASADO...
...Y HA DEJADO UNA BREVE CALMA EN LA RESIDENCIA OTOGI.
¡PIEDRA, PAPEL O TIJERA!
JO, HE PERDIDO... PUES NADA, AHORA VENGO.
¡NI SE TE OCURRA SALIR TÚ SOLA!
OCTUBRE PUEDE LLEGAR A HACERSE MUY LARGO, DE MODO QUE, POR FAVOR, ¡PENSAD QUE ASÍ HABRÁ MÁS DÍAS PARA PASARLO BIEN!

Los dormitorios de la residencia Otogi

5 EL CUARTO DE KEIGO

Resumiendo, lo tiene a reventar. Como es un friki del coleccionismo, está atestado de todo tipo de libros y cachivaches.

Es bastante ordenado, por lo que cada cosa está en su sitio.

Es el que más tiempo pasa metido en su habitación.

¿CÓMO VA ESO, GENTE? SOY KEIGO.
NO HAY MANERA DE QUE MI CANAL ACABE DE ARRAN-CAR...
CON EL JUEGO DEL URÓBORO Y EL INCIDENTE DE LAS CANICAS CONSEGUÍ UN BUEN MONTÓN DE SEGUIDORES, PERO SIGO CON LAS MISMAS VISUALIZACIONES QUE ANTES.
...
CON LA CONFIANZA QUE YO TENÍA EN MI ÚLTIMO VÍDEO...
En realidad soy bastante negativo
Hablo sobre mí mismo
64 visualizaciones Hace 3 días
¿QUÉ HABRÁ SALIDO MAL? NO ENTIENDO EL PRO-BLEMA.
¿TE LO DIGO?
¡SÍ! POR FAVOR, NO TE CORTES.

¡QUE ABURRES A LAS OVEJAS!
CHAAAN
¡UAAAAAH!
¡TIENES QUE OFRECER ALGO QUE VALGA LA PENA! ¡TUS VÍDEOS SON UNA BAZOFIA!
O... OYE, CÓRTATE UN POCO.
¡YO, YO Y OTRA VEZ YO! ¡TÍO, QUE A LA GENTE LE DA IGUAL TU VIDA!
¡DESESPERA HASTA PONIÉNDOLO A VELOCIDAD 1,5!
¡EH, TAMPOCO TE PASES!
ADEMÁS, ES QUE NO SABES HABLAR.
¡HALA! ¡LO QUE HA DICHO!
¡TÍOS, OS ESTÁIS PASANDO TRES PUEBLOS!
ES QUE ES VERDAD: DEJAS LA CÁMARA FIJA Y TE DEDICAS A MURMURAR PARA EL CUELLO DE TU CAMISA.
VAMOS, QUE ERES UN MUERMO SIN EL MENOR ENCANTO, NO TE SALVAS NI POR EL FÍSICO NI POR LA LABIA.
¡¿PERO QUÉ ENCANTO QUERÉIS QUE TENGA?!

CHAN
¡¿Tú estás tonto?!
¡¿Y tu solución es pedirle a Nico que salga en tus vídeos para que los vea más gente?!
¡Nos están amenazando las brujas oscuras y tú, en tu mundo de la piruleta, pretendes exponerla a todo internet!
Supongo que eso es un no...
Esperaba que pudieras dar encanto a mis vídeos.
¡Lo siento!
Desde luego, sacar a una chica guapa no era mala idea.
Lo de guapa lo dices tú.
¡Ah, ya sé! ¡Puedes ser tu propia chica, Keigo!
¿Qué?
¡T. S. Revolution!
CHAAAS

¿CÓMO VA ESO, GENTE? SOY KEIKO.
♦87 Keiko y sus movidas
HOY SERÉ LA PROTAGONISTA DEL CANAL DE MI HERMANO.
BUENO, ¿Y QUÉ HAGO? ME HA PEDIDO TAN DE REPENTE QUE SALIERA EN UN VÍDEO...
DE VERDAD QUE NO LO ENTIENDO.

PUF, DEBERÍA CORTARME EL FLEQUILLO.
¿OS IMPORTA QUE LO HAGA AHORA?
A VER SI MI HERMANO TIENE UNAS TIJERAS.
A VECES ME ENTRAN DE LA NADA UNAS GANAS DE CORTÁRMELO...
¿SERÁ COSA MÍA, QUE SOY UN POCO PARTICULAR?
LA GENTE SIEMPRE ME HA DICHO QUE SOY UNA RARITA...
...PERO YO CREO QUE NO.
LO QUE PASA ES QUE NO SIGO LAS CONVENCIONES SOCIALES.
ES QUE A MÍ LAS MARCAS Y TAL NO ME VAN.
EN PLAN, ME GUSTA ESTAR SOLA.
TENGO MUCHA IMAGINACIÓN...
...Y, AUNQUE ME DEJEN A MI BOLA, ME ENTRETENGO CON MIS MOVIDAS.
UGH, CON ESTAS OJERAS ESTOY HORRIBLE.
¡NO LO AGUANTO MÁS!

¡¿PERO QUÉ ES ESTO?! SE ME HACE RARÍSIMO...
ES SOPORÍFERO, LO ÚNICO QUE HACES ES CONTARLE TU VIDA A LA GENTE MIENTRAS TE CORTAS EL FLEQUILLO. MÁS DE LO MISMO, VAYA.
AUNQUE SE CONVIERTA EN UNA CHICA, AL FINAL KEIGO ES KEIGO.
NO, SOY KEIKO.
¡QUE ME DA IGUAL!
LA CUESTIÓN ES QUE TENGO UN MONTÓN DE VISUALIZACIONES.
5.627 visualizaciones
Keigo
¡¿ESTÁS DE COÑA?!
¡ES QUE KEIKO ES UNA MONADA!
PARECE QUE HAS ENCONTRADO A TU PÚBLICO.
Rutina matutina
2.869 visualizaciones
[Dieta] ¡Intentan
peso!
18K visualizaciones
[Mis cosas]
cosas favoritas
SÍ, BUENO, POR ESO HE SUBIDO UNOS CUANTOS VÍDEOS SUYOS.
EN LOS COMENTARIOS ESTÁN DENTRÍSIMO. TODO EL MUNDO ESTÁ REPITIENDO LO MONA QUE ES Y PIDIENDO QUE SALGA MÁS.
e va a ser muy útil
SOLO QUIEREN A KEIKO.
TU HERMANA FICTICIA TE HA USURPADO EL CANAL.
Más Keiko, porfa
El hermano nos da i
Sube más vídeos de
Saca a tu hermana

HM... O SEA QUE EL ROLLITO DEJADO QUE SE TRAE KEIGO DE PONERSE A HABLAR DE SUS COSAS PEGA MÁS PARA UNA CHICA...
...Y CON ÉL TRANSFORMADO TIENE MUCHO MÁS GANCHO.
¿Y ESTE QUÉ ESTÁ TRAMANDO AHORA?
ENTONCES, VALDRÍA LA PENA HACER UN CANAL PARALELO Y PROMOCIONAR DESDE AHÍ EL DE KEIGO.
Bsss... Bsss...
SI LE SACAMOS EL MÁXIMO PARTIDO AL HECHIZO...
FIS
Je, je...
¡Uh!
EL ALMA DE PRODUCTOR DE MORIHITO HA DESPERTADO.
BAM
Keiko y sus movidas
¿QUÉ TAL, CHIQUIS? SOY KEIKO.
ESTOY COMPARTIENDO PISO, ASÍ QUE OS VOY A PRESENTAR A MI COMPI DE LA HABITACIÓN 4.

キュピーン☆
PLIQUÍN
¡YO SOY KANNA!
¡PERO QUÉ MONAS!
¡JU, JU, JU!
DON MORIHITO OTOGI, ARTÍFICE DE LA VERSIÓN FEMENINA DE KANSHI. EL ORGULLOSO PRODUCTOR OBSERVA SU OBRA DESDE LAS SOMBRAS.
NO NECESITAMOS COMPLICARNOS LA VIDA.
TRATÁNDOSE DE ESOS DOS, BASTA CON DEJAR QUE HABLEN.
HABÍA PENSADO QUE PODRÍAMOS CHARLAR UN RATO.
¿QUÉ TE PARECEN LOS VÍDEOS QUE HE SUBIDO HASTA AHORA?

CHAAAN
バアアン
¡PUES ES QUE SON TAN SOSOS QUE NO LOS AGUANTO!
¡¿QUÉEEE?!
A VER, KANNA... QUE LA IDEA ES CHARLAR DE BUENAS...
¡ME LOS HE TENIDO QUE TRAGAR TODOS!
¡Y LO DE TU RUTINA MATUTINA ES MÁS FALSO QUE UNA MONEDA DE MADERA!
PREPARAS LA CÁMARA, ESTIRAS LAS SÁBANAS, TE METES EN LA CAMA Y TE PONES A BOSTEZAR EN PLAN TEATRERA COMO SI TE ACABARAS DE DESPERTAR. ¿NO SE TE HIZO RIDÍCULO GRABARLO?
¿TE IMPORTARÍA NO IR TANTO AL DETALLE?
¿Y EL VÍDEO ESE DE DO IT YOURSELF QUÉ ERA, UNA CLASE DE PLÁSTICA DE PRIMARIA? ¡SI SOLO HAS MONTADO UNA ESTANTERÍA INFANTIL!
¡LO ÚNICO QUE HACES SON IMITACIONES CUTRES DE LO QUE ESTÁ DE MODA! ¡NO TIENES PERSONALIDAD!
¡PERO KANNA, TÍA, DEJA DE PONERME A CALDO!
RETO DO IT YOURSELF
¡Ay, ay!
SE VA A LIAR EN LOS COMENTARIOS...
ÉXITO ROTUNDO.
¡Kanna es monísima!
3
La tía va a saco
11
Díselo, reina
¡KANNA HA TRIUNFADO!
qué maravilla
sí que sabe llamar a las

¿Qué tal, chiquis? Soy Keiko.
¡Yo soy Kanna!
Son las 7 de la mañana.
¡Vamos a despertar a nuestra compi Miharun, de la habitación 3!
¡A tope!
¡Buenos díaaas!
ギィ
ñ!!!
¡Ji, ji, ji!
Está como un tronco.
Zzz..
Zzz..
Jo, pero qué angelito, es que no puedo.
Con esa piel tan blanca y las pestañas tan largas parece una muñeca.

¡MIHARUN, ARRIBA, QUE YA ES DE DÍA.
SHHHN
MIHA-RUN...
¡EH, MIHA-RUN!
POM
POM
LA TÍA NI SE INMUTA.
ZZZ...
CLARO, LO DE MADRUGAR LE CUESTA...
Es lo que tiene ser un vampiro...
¡MIHA-RUN, ARRIBA!
PAM
PAM
FRAS
FRAS
FRAS
FLOM
FLOM
FLOM
¡¿QUÉ LE PASA?! ¡¿ESTÁ MUERTA O QUÉ?!
¡HORA DE LEVAN-TARSE!
PAM
¡QUE TE ESTAMOS GRABAN-DO!
SI LE COSES LAS OREJITAS, ES UNA EMPANA-DILLA...
¡¿SE PUEDE SABER QUÉ ESTÁ SO-ÑANDO?!

AH, KEIKO, KANNA... BUENOS DÍAS.
POR FIN AMANECES... SALUDA, QUE TE ESTAMOS GRABANDO.
MUY BUENOS DÍAS. ME LLAMO MIHARUN.
¡Miharun es preciosa!
¿Qué? ¡¡¡¿¿¿Es así sin maquillaje???!!!
¡¡Me muero, es adorable!! 😍
¡Ojalá despertarla todos los días!
¡Tiene una piel blanca divina!
¡La de la habitación 3 es mi favorita!
Quiero vivir en esa casa...

CHAN
¡FLIPA, CUÁNTOS SEGUIDORES DE GOLPE!
eiko y
5K seguidores
¡SOLO ES UN VÍDEO DE MIHARU DESPERTÁNDOSE Y SENTÁNDOSE, PERO SE HA HECHO VIRAL!
TENDREMOS QUE ASEGURARNOS DE QUE NO ABRA LA BOCA.
¡AL PRODUCTOR MORIHITO NO SE LE ESCAPA UN DETALLE!
¡VENGA! HA LLEGADO EL MOMENTO DE HACER UN DIRECTO.
EL RASGO DISTINTIVO DE ESTE CANAL ES QUE SABE MANTENER EL *HYPE* EN LOS COMENTARIOS.
HACER UN DIRECTO PARA NUESTRO PÚBLICO NOS VENDRÁ MUY BIEN.
¿Y ESTE POR QUÉ ACABA SIEMPRE EMOCIONADO CON LOS CANALES AJENOS?
HASTA SE HA PUESTO GAFAS DE PRODUCTOR.
PUES VENGA, MORIHITO, CALIENTA, QUE SALES.
¡¿QUÉ?!
LO ESTÁN PIDIENDO EN LOS COMENTARIOS. QUIEREN VER A LAS COMPIS DE LAS HABITACIONES 1 Y 2.
¡NO, UN MOMENTO! ¡NO QUIERO VER MI VERSIÓN FEMENINA!
¡ME NIEGO!

PLIIINK
¡A BAILAR!
Síii...
EL RETO DEL DIRECTO DE HOY ES NO PARAR DE GRABAR HASTA QUE NOS SALGA BIEN EL BAILE. ¡TENEMOS QUE COMPENETRARNOS A LA PERFECCIÓN, ¿ENTENDIDO?!
FUOOO
625
La tía seria de las gafas es guapísima
¡Habitación 1 desvelada!
Mi fav es Kanna
La líder
Míranos
Miharun, guapaaa
EL CHAT VA A TODO TRAPO...

♪ ♫
¡KANNA, NO TE DISTRAIGAS!
¡VENGA! ¡UN, DOS, TRES!
Chat
Top chat 1524
Me encanta la coreo
¡Vamooos, chicaaas!
No dan una XD
Me encanta la de la habitación 1
No van a conseguir ir a la vez en la vida lol
Qué mal lo hacen, son monísimas
Cada una a su rollo
PLAS
¡MOI LO CLAVA! SEGURO QUE HA ESTADO PRACTICANDO POR SU CUENTA.
¡POSE!
Chat
Top chat 1871
¡¿Pose?!
Son todas monísimas
No veo más que ángeles
La de la habitación 1 es buenísima
Me relaja verla bailar tan bien
Me encanta la coreografía
FUOOO
SERÁ UNA CHICA, PERO NO HA CAMBIADO NADA.
¡TÓMATELO EN SERIO, KEIKO! ¡MIHARUN, VAS A TU BOLA!
Top chat 3562
Se ha cabreado lol
¡¡Échame la bronca a mí!!
Espabila, Keiko lol
Seguro que Miharun huele genial
La de las gafas me gusta, se lo toma en serio
Ánimooo
Hasta enfadada es adorable
ZUUUM
¡CADA UNA TIENE SUS FANS!
¡BUAH, EL CHAT VA TAN RÁPIDO QUE NO HAY QUIEN LO LEA!
Top chat 5847
¡Miharun!
A muerte con Kanna
La más guapa es la de las gafas
>¡5.000 personas conectadas!<
Keiko es la mejor
GRUOOO

¡KEIKO, LA RARITA ALTERNATIVA CON CARA DE PALO!
¡KANNA, LA CHICA DE KANSAI ESPONTÁNEA Y SIN PELOS EN LA LENGUA!
¡MIHARUN, TAN GUAPA QUE HASTA SIN MAQUILLAR PARECE UN HADA!
¡HITOMI MORI, LA BELLEZA LETAL CON UN CARÁCTER DE MIL DEMONIOS!
¡¿POR QUÉ SOY LA ÚNICA CON APELLIDO?!
¡HEMOS SUPERADO LOS 10.000 ESPECTADORES Y CADA VEZ BAILAMOS MEJOR! ¡ESTAMOS A PUNTO DE CONSEGUIRLO!
¡Un, dos! ♫ ¡Un, dos!
PLAS
¡POSE!
¡AH...!

¡¡UOOOOOOH!!
¡HEMOS DESPERTADO A LA LOBA!
¡¿QUIÉN LE HA ENSEÑADO UNA MEDIA LUNA?!
¡SHHH! ¡MORI, QUE SEGUIMOS EN DIRECTO!
¡ESTA ES NUESTRA AMIGA WOLFIE!
¡La de la habitación 2!
¡¡Una chica salvaje!!
Quiero que me pegue.
¡Me encanta su rollito!
Siéntate en mi cara.
¡ESTÁN A TOPE!
¿PERO QUÉ HACÉIS BAILANDO COMO UNAS PANOLIS?
QUERÉIS HACEROS VIRALES, ¿NO?
YIIIP
EN ESE CASO, LO QUE NECESITÁIS ES...

¡¡ESTO!!
ZAS
¡Jua, ja, ja!
¡¡Aaah!!
FRAGILE
Keigo Magami – Arcoíris invisible

COMO NOS HAN CERRADO LA CUENTA, LE HE PEDIDO A MI HERMANO QUE NOS DEJE SUBIR ESTE VÍDEO A LA SUYA.
SENTIMOS QUE NUESTRO STREAMING DEL OTRO DÍA ACABASE DE UNA FORMA TAN INAPROPIADA.
LA IMPLICADA EN CUESTIÓN NO HA PODIDO VENIR POR ASUNTOS PERSONALES...
...PERO TODAS NOS CONSIDERAMOS RESPONSABLES Y REFLEXIONAREMOS SOBRE ELLO.
EN ALGUNOS COMENTARIOS SE HA SUGERIDO QUE ESTABA BAJO LA INFLUENCIA DEL ALCOHOL, PERO NO ES ASÍ.
DESDE LO MÁS PROFUNDO DE NUESTRO CORAZÓN...
...SENTIMOS MUCHÍSIMO LO SUCEDIDO.
QUÉ SINCRONIZACIÓN.

Deja de picotear sin pensar.
Eso es todo azúcar, se te va a llenar la cara de granos.
Mejor tómate un yogur o algo de soja.
Hitomi Mori es una plasta...

CHACHÁAAN
CÓMO MOLA EL HOMBRE INVISIBLE.
OJALÁ YO PUDIERA HACERME INVISIBLE ALGUNA VEZ.
¿QUIERES PROBAR?
¡NI QUE LO TUVIERAS PREPARADO!
✦88 Cuando crees que me ves...
¡INVISIBLIND, INVIDENTISIBLE!
CHAAAS

¡NO HA FUNCIONADO!
CIERRA LOS OJOS.
HM...
FUS
HAS DESAPARECIDO.
¿DE VERDAD?
CHAS
HAS VUELTO A APARECER.
Invisible
Visible
CON ESTE HECHIZO PUEDES HACERTE INVISIBLE, PERO SOLO MIENTRAS MANTENGAS LOS OJOS CERRADOS.
¡PUES VAYA BIRRIA!
¡ASÍ NO ME SIRVE PARA LIARLA!
CLARO.

La mayoría de las cosas que se te ocurrirían hacer si te volvieras invisible son malas, ¿no?
Pues esto está diseñado para que no puedas.
Travesuras
TONTO
Espiar
Robar
Hasta en el mundo mágico hay exigencias morales...
¿Y mi ropa tampoco desaparece?
Para volverte invisible del todo, tendrías que desnudarte.
Hace falta valor...
En la práctica, no es un hechizo muy útil.
Pues no.
¡Ja, ja, ja!
Voy un momento a poner la lavadora.
バタン
BLAM
...
¿Eh?
¿Se habrá olvidado de deshacer el hechizo?
Me parece que Morihito está en casa.
Ju, ju, ju... ¿Y si me vuelvo invisible del todo y le doy un buen susto cuando entre en el salón?

Me alegro de que vinieras tan dispuesta a ayudarme...
...Pero de verdad que habría preferido que salieras corriendo.
Tienes que poner tu vida por encima de todo. Si no, a nosotros también nos costará más protegerte.
¿Lo entiendes?
Sí.
Y tú... ¿qué tal llevas lo de Ran?
...
Estoy bien.
Para mí, era como un hermano mayor...
...Pero ya lo he superado.
Acabaré con él.

¡SE HAN PUESTO A HABLAR TAN EN SERIO QUE AHORA NO ES PLAN DE SALIR!
MIERDA, SE ME HA PASADO EL MOMENTO PERFECTO.
AHORA ME TOCA QUEDARME AQUÍ EN BOLAS.
ドキ
TUTUM
ドキ
TUTUM
Y CON NICO DELANTE, SI ABRO LOS OJOS AHORA QUEDARÉ COMO UN DEGENE-RADO.
¿PERO QUÉ ESTOY HACIENDO?

CHAAAN
OS HE TRAÍDO BOLLITOS TAIYAKI.
¡Y ENCIMA HA VENIDO MOMOCHI!
¡NO, NO, AHORA SÍ QUE NO PUEDO SALIR POR NADA DEL MUNDO!
¡QUIERO VOLVER A MI CUARTO!
TUTUM
TUTUM
TUTUM
¡PERO NO PUEDO ABRIR LOS OJOS!
¿QUÉ ESTÁ PASANDO? ¿DÓNDE ESTÁN EXACTAMENTE?
TUTUM
¿HM? ME ESTÁ TOCANDO ALGO. ¿QUÉ ES?
AY, SE ME HA OLVIDADO DEVOLVER ESTE LIBRO A LA BIBLIO.
¿UN LIBRO QUE HA SACADO MOMOCHI?
¿A LA DE NUESTRO INSTITUTO?
SÍ, ME VIENE GENIAL QUE ESTÉ ABIERTA AL PÚBLICO GENERAL.
QUÉ PEREZA IR HASTA ALLÁ. MEJOR LO TELETRANSPORTO AL BUZÓN DE DEVOLUCIONES.
CHAAAS
FUS

* Taiyaki

¡UH!
?!
¡¿MOMO-CHI?!
¿EH? ¿NO ACABAS DE ADELGAZAR MUCHÍSI-MO?
49,5 KILOS.
¿CÓMO? QUÉ RARO... UN LIBRO TAMPOCO PESA TANTO.
¿SERÁ QUE HE TELETRANS-PORTADO ALGO MÁS PESADO CON ÉL?
キョロ ZIS
キョロ ZIS
!!
¿HM? PUES YO NO VEO QUE HAYA DESAPARECIDO NADA. ¿QUÉ TENÍAMOS TAN GRANDE COMO PARA AFECTARTE ASÍ?
MOMO-CHI...
HAS TELETRANSPOR-TADO A KANSHI KAZAMATSURI.
¡¿QUÉEEE?!

CATAPLOOOM
¿EH? ¿QUÉ?
¡¿QUÉ HA SIDO ESO?!
PLOOOF
¡¡AAAAH!!
¿POR QUÉ GRITAS?
ACABO DE VER A UN CHICO DESNUDO...
¡¿UN PERVERTIDO?!
¿QUÉ? PERO SI NO HAY NADIE. ¿NO TE LO HABRÁS IMAGINADO?
FAS
FAS
FAS
¡¿QUÉ CLASE DE IMAGINACIÓN TE CREES QUE TENGO?!

¡¿QUÉ ACABA DE PASAR?!
CÁLMATE, TRANQUILO...
TUTUM
TUTUM
TUTUM
Arf Arf
MIENTRAS MANTENGAS LOS OJOS CERRADOS, SEGUIRÁS SIENDO INVISIBLE.
ESTÁS EN PELOTAS, PERO TÚ NO TE PREOCUPES.
VAMOS A ESTUDIAR LA SITUACIÓN: ESTOY EN LA BIBLIOTECA... EN LA BIBLIOTECA DEL INSTITUTO ASUNARO.
TUM
TUM
MOMOCHI ME HA TELETRANSPORTADO AQUÍ CON EL LIBRO.
TUM
TUM
ESTOY EN EL MOSTRADOR DE RECEPCIÓN... O SEA, EN EL PRIMER PISO.
HAY ESTUDIANTES Y TAMBIÉN GENTE DE FUERA DEL INSTITUTO.
COMO ME PILLEN, ME TOMARÁN POR UN LOCO DE ATAR.
¡TENGO QUE LLEGAR A LA PLANTA BAJA Y SALIR!
KANSHI KAZAMATSURI PROTAGONIZA SU PRIMERA FUGA.

VOY A ABRIR LOS OJOS UN MILISEGUNDO PARA HACERME UNA IDEA DEL ESPACIO.
TUTUM
TUTUM
TUTUM
TUTUM
TUTUM
¡Ngh!
¡TENÍA UNA TÍA DELANTE!
¡ESPERO QUE NO ME HAYA VISTO!
¡BUAH, ESTE JUEGO ES UN PELIGRO!
TUTUM
TUTUM
TUTUM
TUTUM
TUTUM
TUTUM

SERÁ MEJOR QUE ME TAPE POR SI ACASO ME VE AL-GUIEN...
DE VERDAD, MIRA QUE ACABAR DE ESTA MANERA...
VENGA, VAMOS CON LA PRÓXIMA FASE.
¡VALE, CREO QUE LO TENGO!
MAPA MENTAL CARGADO.
AHORA TENGO QUE DETERMINAR LA RUTA DE ESCAPE...
ANTE TODO, SIGI-LO...
ME SIENTO COMO SI ESTUVIERA EN EL METAL GEAR SOLID.
TIP
TIIIP
BUENO, SOLO TENGO QUE REPE-TIR ESTO Y LISTO.
MIENTRAS MANTENGA LOS OJOS CERRADOS, ESTO ESTÁ GANADO.

EH, ¿HAS VISTO ESO?
QUÉ DELANTERA.
SÍ, QUÉ PASADA, ¿EH?
NO SÉ CÓMO NO SE LE ROMPE LA CAMISETA.
¿Y ES ESTUDIANTE?
Bsss...
Bsss...
Bsss...
...
FIIIS
¡ERES TÚ!
¡AGH!
¡UH!

FUS
¡MIERDA!
?
?
RAAAC
¿ESTÁS AHÍ?
¡IIIH!
TUTUM
¿ERES UN FANTASMA?
TUTUM
ERES UN FANTASMA, ¿VERDAD?
¡NO!
¡SOY UN TENGU!
TUTUM
TUTUM
¿ERES EL FANTASMA DE UN EXPERTO EN DANZA BUTOH?
¡TÍO, QUE LO DEJES YA!

UF... POR FIN HE LLEGADO A LAS ESCALERAS.
FLIC チラリ
PERO...
...HAY UNA PAREJA DE CHARLA CORTÁNDOME EL PASO.
¿DE VERDAD TENÉIS QUE PONEROS AHÍ A DARLE A LA LENGUA?
NO ME QUEDA OTRA; TENDRÉ QUE COLARME EN MEDIO.
そろ〜り ZUUUIS
Y, BUENO...
そろ〜り ZUUUIS
LA VERDAD ES QUE SIEMPRE ME HAS GUSTADO.
¿QUIERES SALIR CONMIGO?
そろ〜り ZUUUIS
¡¿TE LE TENÍAS QUE DECLARAR JUSTO AHORA?!
MIERDA, Y YO AQUÍ EN MEDIO DE LA CONFESIÓN CON LA MINGA AL AIRE.

¡NI DE COÑA!
Y ENCIMA NO QUIERE SABER NADA DE TI.
BUF... MIRA QUE ME DAN CAGUE LAS ESCALERAS.
BAJARÉ DE ESPALDAS Y A CUATRO PATAS.
NO, EN SERIO, ¿QUÉ MIERDA ES ESTA?
PAREZCO UN BEBÉ.
CONSEGUIDO... POR FIN ESTOY EN LA PLANTA BAJA.
TOCA COMPROBAR OTRA VEZ EL MAPA.
FIU
ビュウウウウ…
FIUUU
¡AH!
¡ME HA ENTRADO ALGO EN EL OJO!
FRUS
FRUS
FRUS

CHAS
CHAS
CHACHAS
¡¿QUÉ HAY AHÍ?!
¡MI... ¡MIERDA!
¿EH? ¿QUÉ?
BLA
¡ME HAN VISTO!
¡ESTÁ DESNUDO!
¡ES UN TÍO DESNUDO!
¡UN TÍO INVISIBLE DESNUDO!
TUM
TUM
TUM
TUM
¡YA LO TENGO! ¡LO HE COGIDO POR EL BRAZO!
¡MIERDA, MIERDA, MIERDA, MIERDA!
¿Y AHORA QUÉ? ¡PIENSA!
¡TENGO QUE HACER ALGO!

¡ARF!
¡ARF!
¡AH!
¡¿Y ESE FOLLÓN?!
BLA
¡UAAAH!
BLA
BLA
ESTARÁN RODEANDO A KANSHI, ¿NO?
NO RECO-NOZCO...
...ESTE LUGAR.
¿EN QUÉ AÑO ESTAMOS?
¡SE ESTÁ HACIENDO PASAR POR UN VIAJERO DEL TIEMPO!

¡NO SABÉIS LO MAL QUE LO HE PASADO!
¡SOLO, DESNUDO, A OSCURAS!
¡¿PODÉIS SIQUIERA IMAGINAR EL TERROR Y LA DESESPERACIÓN QUE HE VIVIDO?!
PERO SI TE HAS DESNUDADO TÚ SOLITO.
EN FIN, ME ALEGRO DE QUE HAYÁIS VENIDO A POR MÍ.
PARA ESO ESTÁN LOS AMIGOS.
BUENO, ¿Y MI ROPA?
¿QUÉ?
¡¿NO ME HABÉIS TRAÍDO NADA?!
¡NO PUEDO VOLVER A CASA DESNUDO!
¡ANDA, MOMOCHI, TELETRANSPÓRTAME!
LO SIENTO, PERO NO PUEDO; HOY YA HE PERDIDO DEMASIADO PESO...
¡¿ESTÁIS DE COÑA?!

LO MEJOR SERÁ NO ANULAR TODAVÍA EL HECHIZO Y QUE VUELVAS CON LOS OJOS CERRADOS.
¡NO PUEDO CAMINAR SIN VER POR DÓNDE VOY!
¿ME LLEVAS DE LA MANO, MORI-HITO?
¡VA, NICO, DAME LA MANO!
LO SIENTO, PERO ES QUE LO DE TOCAR A UN TÍO DESNU-DO NO...
¿MO-MOCHI?
PRE-FERIRÍA NO HA-CERLO.
¡¿ESTÁIS DE CO-ÑA?!
...
¡¿NO DECÍAS QUE PARA ESO ES-TÁN LOS AMIGOS?!
AL FINAL SÍ QUE HE ACABADO ATADO...

¿Quieres dar un paseíto por el parque antes de llegar a casa?
¡Que no soy un perro!

✦89 La dama de la calamidad

TENGO UN PRIMITO EN 2.º DE PRIMARIA QUE SE LLAMA SÔICHIRÔ...
...Y MI ABUELA QUIERE QUE UTILICE MIS DIBUJOS PARA MONTAR UNA SESIÓN DE CUENTA-CUENTOS PARA ÉL.
HE PENSADO EN DIBUJAR UN CUENTO TRADICIONAL SENCILLITO Y ME HE DECIDIDO POR...
CHAAAN
La gran llama de la montaña
...LA GRAN LLAMA DE LA MON-TAÑA.
¡¿QUÉ TIENE ESTO QUE VER CON EL CUENTO?!
¡BUFFF! ¡KIYOMIYA, NO SE PARECE EN NADA!
LA HISTORIA COMIENZA CUANDO UN MAPACHE TANUKI DESTROZA EL CULTIVO DE UN ANCIANO.
¡PERO NO EM-PIECES AÚN!
EXPLÍCA-NOS LA IMAGEN PRIMERO.

¿QUÉ ES ESTO? ¿UN EXTRATERRESTRE?
ES EL TANUKI.
EL DISEÑO DE PERSONAJES NO ES LO TUYO.
Y ESTO ES UN ZOMBI, ¿NO?
NO, ES EL ANCIANO.
ESTO TIENE TANTO DE HUMANO COMO ALIEN VS. PREDATOR.
LA ESCENA EN LA QUE EL CONEJO LE PONE UN UNGÜENTO DE PIMIENTA EN LA QUEMADURA AL TANUKI.
¡TAMPOCO HACÍA FALTA UNA IMAGEN TAN IMPACTANTE!
ES QUE AL
LA HISTORIA ME PARECIÓ TAN HORRIBLE LO QUE HACÍA EL TANUKI Y ME ENFADÉ TANTO QUE AL DIBUJARLO ME EMOCIONÉ EN EXCESO.
TAMPOCO ES QUE EL CONEJO SEA NINGÚN SANTO...
YA VEIS QUE MIS DIBUJOS NO RECUERDAN MUCHO AL CUENTO...
...Y ME PREOCUPA QUE POR MI CULPA EL POBRE SÔICHIRÔ ACABE CON UN TRAUMA.
NO ESPERABA QUE LO QUE TE PREOCUPASE FUERA ESO...
¡POR FAVOR, NICO! ¡LÁNZAME UN HECHIZO PARA APRENDER A DIBUJAR! ¡O MEJOR, QUE DIBUJE ALGUIEN POR MÍ!
TÚ VAS DE MODOSITA Y DE NIÑA DECENTE, PERO LUEGO ME TRATAS COMO NOBITA A DORAEMON...

¡ALTO AHÍ!
¡ES MI HERMANO!
¿TU HERMANO?
AH, ES VERDAD.
¡ESTO NO TE LO CONSIENTO, SUZUKA!
CHAN
¡AH, EL PRESIDENTE DEL CONSEJO DE ESTUDIANTES!
QUE SOIS FAMILIA.
ES LA PRIMERA VEZ QUE LOS VEO JUNTOS.
TUM
TUM
SUZUKA... NO PERMITIRÉ QUE DESHONRES A LA FAMILIA.
PERO... PERO TENRYÛ...
NO LLORES, MI INFELIZ HERMANITA...
PARECE QUE ACABEN DE SALIR DE UN ROMANCE DE ÉPOCA.

LO IMPORTANTE ES QUE ESTOS DIBUJOS SON EL PRODUCTO DE TU ESFUERZO. POR TORPES QUE SEAN, NO TIENES DE QUÉ AVERGONZARTE.
A MÍ ME ENCANTA LA INOCENCIA QUE DESPRENDEN TUS OBRAS.
...
...
ESTO ES UN PECADOR ARDIENDO EN EL INFIERNO, ¿NO?
¡¿VES?! ¡SI NO RECUERDAN AL CUENTO, NO SIRVEN!
YA... SIENTO MI DESCORTESÍA.
¿QUÉ TIENE ESTO DE INOCENTE?
OTOGI, VOY A TENER QUE PEDIROS QUE NOS AYUDÉIS.
¿QUÉ HACEMOS, MOI?
BUENO, YO TAMBIÉN CREO QUE SERÍA MEJOR RESPETAR SUS DIBUJOS.
ASÍ QUE...
¡A TI LO QUE TE PASA ES QUE ERES UN BLANDO!
...LO QUE NECESITAMOS ES MODIFICAR LA HISTORIA PARA QUE COINCIDA CON ELLOS.
CHAN
¡¿QUÉ?!

A... ¡¿A QUÉ TE REFIERES?!
LOS DIBUJOS PARECEN MALOS PORQUE NO SE CORRESPONDEN CON EL CUENTO. POR LO TANTO, SI ADULTERAMOS LA HISTORIA, PODEMOS ADAP-TARLA A LAS IMÁGENES.
BLA BLA BLA
¿Y SEREMOS CAPACES?
ANTES DE NADA, VAMOS A VER QUÉ HA DIBUJADO.
ESTE ES EL TANUKI, ¿NO?
NO SE PARECE EN NADA...
¿POR QUÉ TIENE UN GORRO DE DUCHA, UN ESTUCHE Y CUATRO PIES?
USÉ COMO REFERENCIA LA ESTATUA DE CERÁ-MICA QUE TENEMOS EN CASA...
YA...
NO SE DISTINGUEN LAS PIERNAS DE LAS PAR-TES BAJAS.
A VER, NOS VIENE BIEN QUE NO PAREZCA UN TANUKI.
ASÍ PODEMOS INVENTARNOS UN PERSONAJE TOTALMENTE DIFERENTE.
PIENSA, MORIHITO, ¿A QUÉ TE RECUERDA ESTO?
Hm... Hm...
YA HA EMPEZADO MORIHITO A MASCU-LLAR.
ESO ES QUE SE ESTÁ TRANS-FORMAN-DO.

ES UNA SEÑORA.
¡¿QUÉ?!
FUIIIM
¡¿UNA SEÑORA?!
FIJAOS, LLEVA GAFAS GRANDES Y EL PELO CARDADO Y PEINADO HACIA ATRÁS. ¡ES CLARAMENTE UNA DAMA!
¡QUE NO, TÍO, QUE ES EL SOMBRERO DEL TANUKI!
AH... BIEN VISTO, OTOGI... SÍ QUE ES VERDAD QUE EL SOMBRERO PARECE UN PEINADO DE SEÑORA.
¡QUÉ VERGÜENZA, TENRYÛ, ENCIMA NO LE DES LA RAZÓN!
OS PONGÁIS COMO OS PONGÁIS, ES UNA SEÑORA QUE LLEVA UN BOLSO DE MARCA Y UNA FALDA CON VUELO.
¡¿PERO NO VES QUE ESO SON LAS PELOTAS DEL BICHO?!
YA, MOI, PERO VA CON LAS TETAS AL AIRE. UNA SEÑORA NO PUEDE IR ASÍ POR LA CALLE.
HM... TIENES RAZÓN.

* N.D.T.: Una rana con vida propia "estampada" en la camiseta del protagonista del manga de los años 70 *La rana valiente*.

Al menos el conejo sí parece lo que es.
Pero entonces, en la segunda parte de la historia solo saldrán la señora y el conejo.
¿De qué se supone que va esto?
Realmente, si lo que buscamos es una historia equilibrada, no hace falta introducir al conejo en la narración todavía.
Visto desde otra perspectiva, esto podría ser...
...Un signo de victoria.
¡¿Qué dices?!
¡Bieeeen!
¿Un signo de victoria? ¡¿Por qué iba a estar el anciano celebrando nada mientras llora a moco tendido?!
Pues será que le acaba de pasar algo bueno, digo yo.
¿Seguro que vas a conseguir que encaje?
¡Pues no lo sé! ¡Vamos a repasar la historia!
¡Venga, ayudadme a pensar en algo que explique por qué está tan contento el anciano y qué es lo que hace la señora!
Yo es que a este cuento no le veo futuro.

UN DÍA, EL ANCIANO ATRAPÓ AL TANUKI.
¡AHORA LO QUE TENEMOS ES A LA SEÑORA COLGADA DEL TE-CHO!
CUANDO EL ANCIANO NO ESTABA, EL TANUKI APROVECHÓ PARA ENGAÑAR A SU ESPOSA Y CONSEGUIR QUE LO DE-SATARA.
¡AH, QUE ESA ES LA MUJER DEL ANCIANO! CREÍA QUE ERA UN BULLDOG PIDIENDO SALIR DE PASEO...
"¡JUA, JA, JA! ¡TE HE ENGAÑADO!", EXCLAMÓ EL TANUKI. Y, COGIENDO UN MAZO, GOLPEÓ A LA ANCIANA HASTA MA-TARLA.
¡NUESTRA SEÑORA HA COMETIDO UN ASESINATO!

"¡BIEEEN!", CELEBRÓ EL ANCIANO...
¡Bieeen!
¡¿VEIS COMO NO CUADRA?!
¡ESTO NO TIENE NI PIES NI CABEZA!
¡¿CÓMO VA EL ANCIANO A SALIR A CELEBRAR QUE LA SEÑORA HAYA MATADO A SU ESPOSA?!
¡BUENO, AHORA LO CAMBIAMOS!
POR MUCHO QUE INTENTES CAMBIAR, *LA GRAN LLAMA DE LA MONTAÑA* NO DEJA DE SER UNA HISTORIA DE VENGANZA BASTANTE DURA...
MUCHÍSIMAS GRACIAS POR INTENTAR AYUDARME...
カコーン
CLOOONC
RESIDENCIA KIYOMIYA

CHAN
TUTUM
TUTUM
TUTUM
CLAP
CLAP
CLAP
CLAP
VAYA, UNA OBRA ORIGINAL. QUÉ INTERE-SANTE...
¡SÍII!
BUENO, VOY A CONTAROS UN CUENTO QUE YO MIS-MA ME HE INVENTADO.
La gran llama de la montaña
LA GRAN DAMA DE LA MON-TAÑA.
¡¿QUÉ?!

La gran llama de la monta
¿"LA GRAN DAMA"?
¿PERO AHÍ NO PONE "LLAMA"?
¿CÓMO QUE "LA GRAN DAMA"?
HABÍA UNA VEZ UNA SEÑORA MUY ELEGANTE A LA QUE TODO EL MUNDO LLAMABA LA GRAN DAMA.
Y ENTONCES, POR FIN, LA GRAN DAMA CUMPLIÓ SU SUEÑO: ABRIR UN CENTRO CULTURAL. "ESTE SERÁ MI CASTILLITO", DECIDIÓ.
ES-ES-ESPE... ¡UN MOMENTO, SUZUKA!
¡SI LO CUENTAS ASÍ, PARECE QUE YA ESTEMOS AL FINAL DE LA HISTORIA!
LA GRAN DAMA ERA RICA Y TENÍA MUCHO TIEMPO LIBRE, LO QUE LE HABÍA PERMITIDO CULTIVAR SU CONOCIMIENTO Y SUS TALENTOS.
EN EL CENTRO CULTURAL PODRÍA SACARLES PARTIDO. ESTA ES LA HISTORIA DE LA ESCUELA DE BUENA CONDUCTA QUE ABRIÓ LA GRAN DAMA.
¿QUÉ CLASE DE CUENTO ES ESTE?
LO SIENTO, QUERIDA ABUELA, PERO VOY A TENER QUE PEDIRTE QUE DEJES DE INTERRUMPIRME.
SÍ, TIENES RAZÓN... DISCULPA.
¡QUÉ CUENTO TAN DIVERTIDO!
SÔICHIRÔ ES TAN INOCENTE QUE CUALQUIER HISTORIA LE VALE...

UNO DE LOS CURSOS QUE IMPARTÍA LA GRAN DAMA VERSABA SOBRE CÓMO USAR UNA HAMACA.
"UNA DAMA DE CLASE ALTA DEBE MANTENER LA ELEGANCIA HASTA EN EL REPOSO", DECÍA.
...
"ADELANTE, DEJAD IR LA TENSIÓN, PODÉIS INCLUSO RECOSTAROS. ¡LO IMPORTANTE ES RELAJARSE!".
CADA UNA DE SUS PUPILAS SE RELAJABA A SU MANERA.
LA DAMA BULLDOG, POR EJEMPLO, LO HACÍA FUMANDO EN CACHIMBA.
PARA ENTRENARSE, LA GRAN DAMA RECURRÍA A EJERCICIOS CON PESAS...
...MIENTRAS QUE LA DAMA BULLDOG PREFERÍA EL BIKRAM YOGA.

AQUEL DÍA, LA DAMA CALAVERA LES ESTABA CONFIANDO SUS PROBLEMAS DE PAREJA.
DESPUÉS DE LAS SESIONES DEPORTIVAS, DESCANSABAN CHARLANDO DE LO HUMANO Y LO DIVINO.
Y AQUELLA MUJER, QUE TAN POCAS VECES OÍA ELOGIOS EN BOCA DE SU ESPOSO, SINTIÓ CÓMO EL CORAZÓN SE LE HENCHÍA DE FELICIDAD Y LOS OJOS DE LÁGRIMAS.
TODO EL MUNDO HACÍA LO POSIBLE POR ANIMAR A LA DAMA CALAVERA.
"TU VIDA SOLO TE PERTENECE A TI. NUNCA TE OLVIDES DE SONREÍR Y DE SER TÚ MISMA".
"¡BIEEEN!".
"¡BIEEEN!".

UN DÍA, UN HOMBRE PARÓ POR LA CALLE A LA GRAN DAMA.
"NO SOY MALO", LE DIJO. "HE VISTO QUE LLEVABAS UNA CAMISETA DE UNA RANA Y NO HE PODIDO RESISTIRME A HABLARTE".
"TENGO A LA VENTA ESTE ABRIGO DE PIEL Y HE PENSADO QUE A TI TE QUEDARÍA MUY BIEN".
Y, DICIENDO ESTO, LA RANA MERCANTE LE PUSO A LA GRAN DAMA EL ABRIGO DE PIEL.
"¡ME ENCANTA!".
LA GRAN DAMA ESTABA EMOCIONADÍSIMA CON EL ABRIGO.
LA RANA LE ENSEÑÓ A LA GRAN DAMA OTROS PRODUCTOS QUE VENDÍA.
"ESTA MOCHILA ROJA TAMBIÉN ES PRECIOSA".
"QUÉ COSAS TAN BONITAS, TE COMPRARÍA LA TIENDA ENTERA".

"¡LO QUIERO TODO! ¡¡TODO!! ¡CUANDO COMPRO PRODUCTOS DE MARCA ES CUANDO MÁS VIVA ME SIENTO!".
LA GRAN DAMA SE VIO PRESA DE SU ANSIA CONSUMISTA.
"VÉNDEME UN COCHE", PIDIÓ POR FIN LA GRAN DAMA.
"¿CUÁL TE GUSTA MÁS, EL BLANCO O EL NEGRO?".
"EL QUE SEA MÁS RÁPIDO. QUIERO QUE ME LLEVE A LUGARES QUE NO HE VISTO JAMÁS".
CON LA RANA AL VOLANTE DEL COCHE BLANCO Y LA GRAN DAMA EN EL COCHE NEGRO, SE PUSIERON A CONDUCIR POR LA AUTO-PISTA.
"QUÉ AGRADABLE ES SENTIR EL VIENTO EN LA CARA. ASÍ PODRÍA LLEGAR HASTA EL FIN DEL MUNDO".
"CREO QUE, EN LA PRÁCTICA, HE SIDO LA QUE MÁS HA DESCUIDADO LOS DESEOS DE SU CORAZÓN".
"PERO ESO SE ACABÓ".
"AHORA QUE ME HE DESCUBIERTO A MÍ MISMA, HA LLEGADO EL MOMENTO DE TENER FE EN MI PROPIO SER Y CRUZAR LA LÍNEA DE META".
PESE A LA LIBERTAD DE LA QUE GOZABA, LA GRAN DAMA SEGUÍA SINTIENDO UN VACÍO EN SU INTERIOR.

"¡BIEEEN!".
CLAP パチ
CLAP パチ
CLAP パチ
CLAP パチ
Y VIVIERON FELICES Y COMIERON PERDICES.
SHHHN
NO LO HE ENTENDIDO MUY BIEN, ¡PERO HA SIDO MUY DIVERTIDO!
¡SE NOTA QUE TE HAS ESFORZADO MUCHO CON LOS DIBUJOS!
DE... ¿DE VERDAD TE LO PARECE? ¡MUCHAS GRACIAS!

(10) Tempestad otoñal (FIN)

Ahora os contaré La Cenicienta.
La Cenicienta
¡A mí no me vengas con más cuentos!

SPECIAL THANKS

PERSONAL DE DIBUJO
HASEGAWA
ASHIDA
TAKUO NAGOYA
RYÔ CHIGIRA

PRODUCCIÓN DE MODELOS 3D
AYA NAKAMURA

EDICIÓN
DAICHI MITSUMORI

EDITORA DE LA JC
YÛNA KATÔ

DISEÑADORA
RINA TAKAHASHI

WITCH WATCH

10

Tempestad otoñal

First published in Japan in 2021 by SHUEISHA Inc., Tokyo.
Spanish translation rights in Spain arranged by SHUEISHA Inc.
through VME PLB SAS, France.

PUBLICACIÓN DE MILKY WAY EDICIONES
EDIFICIO RIBADEDEVA 1 P02 D
33590 COLOMBRES
PRINCIPADO DE ASTURIAS
E-MAIL: INFO@MILKYWAYEDICIONES.COM

Traducción: Nuria Cimas Pita (DARUMA Serveis Lingüístics, SL)
Corrección: Raúl Izquierdo García

Director Editorial: Enrique Fuentevilla Noriega
Editor: Carlos E. Subero Ágreda

Depósito Legal: AS 00556-2024
ISBN: 978-84-10223-09-7
PRINTED IN E.U.

Impreso en España.

WWW.MILKYWAYEDICIONES.COM